Leopold Schefer

Der arme Dschem
(Historischer Roman)

e-artnow 2018

Julius Wolff
Der Raubgraf (Mittelalter-Roman): Spiel um Macht - Eine Geschichte aus dem Harzgau (Historischer Roman)

Julius Wolff
Das schwarze Weib (Historischer Roman aus dem Bauernkriege)

Elisabeth von Heyking
Tschun: Geschichte aus dem Vorfrühling Chinas

Conrad Ferdinand Meyer
Angela Borgia: Historischer Roman

Stefan Zweig
Magellan. Der Mann und seine Tat

Alfred Klabund / Henschke
Pjotr - Geschichte eines Zaren (Historischer Roman)

Stefan Zweig
Marie Antoinette. Bildnis eines mittleren Charakters: Die ebenso dramatische wie tragische Biographie von Marie Antoinette

Peter Rosegger
Jakob der Letzte - Eine Waldbauerngeschichte aus unseren Tagen

Dmitri Mereschkowski
Leonardo da Vinci (Historischer Roman)Historischer Roman aus der Wende des 15. Jahrhunderts

Alfred Schirokauer
Historische Romane: Kleopatra + Mirabeau + Lassalle + Lord Byron + Messalina

Leopold Schefer

Der arme Dschem (Historischer Roman)

Aus der Geschichte des Osmanischen Reiches

e-artnow, 2018
Kontakt: info@e-artnow.org

ISBN 978-80-273-1952-7

Inhaltsverzeichnis

Philippine von Sassenage

Du liebe Zeit.
Mir ist so bang'!
Die Nacht ist lang,
Das Bett ist breit!
Wiener Schelmenstückchen.

Liebe süße Freundin

Hast Du gehört, ich bin im Kloster! im Kloster! Ich, das fröhliche Mädchen, das heitre, das muntre! der Schalk, wie Du mich nanntest, als ich bei Euch noch in Spanien lebte, und groß wuchs. O der schönen Tage auf Eurem Schlosse bei Mallaga! O der schönen sorglosen Kindbett, die noch gar nichts hoffte, nichts fürchtete, am wenigsten solch ein Geschick! Ach, das alles ist nun aus! Ich weiß nun, ich weiß, was hinter den Bergen mir lag! Ach, ich weiß, was die Sonnen mir in so nahen Tagen heraufführen sollten, die purpurnen Sonnen, die ich so ahndelos in dem Meere versinken, ertrinken sah. Doch die Sonne, sie brachte, sie brachte auch Ihn mir, auch Ihn!

Da sah ich alle Herrlichkeit der Welt auf einmal! Da war Alles, was jemals das Herz erfüllt, das so sehnte und schmachtete, bangte und zagte und hoffte. Ja, es hat Wort gehalten, das unersättliche Herz! Was mir die Rosen als Kinde geblüht, das ist alles eingetroffen! Was die Lerchen mir Mädchen gesungen, was die Nachtigall geschlagen, was der Kukuk gerufen, was mir des Mondes helles Antlitz prophezeiht, wenn ich zu ihm aufsah, das ist alles eingetroffen! Alles übertreffen! Die Sonne, der Frühling, die Erde, und alle Menschen, sie haben Wort gehalten; die Nähe, die Ferne, die Fremde sogar hat erst recht mich überschüttet mit Seligkeit! Ach, und von wem nur kommt mir mein Leid? Höre, von meinem Bruder, dem bösen der Brüder, deren Einer noch weint, und weinend beschämt dem Andern folgen mußte, mich hier zu begraben in Rom, in dem Kloster, in Trastevere, so weit von meiner Heimath, von dem schönen Sassenage in dem schönen Frankreich! Und wie sehr ich meine Brüder liebte — Du hast nur Schwestern, Du kannst es nicht ahnen, wie sehr eine Schwester den Bruder zu lieben vermag! Denn halb ist er der Sohn des ehrwürdigen Vaters, und also ehrwürdig! und halb ist er ein Gleichbild des künftigen Geliebten, ein Zauberschein des Gemahls, und also liebenswürdig! O Ehre und Liebe, warum kämpfet ihr so schrecklich auf Leben, und Tod in der Welt? Seid ihr Himmlischen Beide so selten einig und eins, und am öftersten da nur, wo die Augen der Welt nicht auf die zu niedrig geborenen Menschen sehen! O sie sind glücklich, allein glücklich, diese niedrig geborenen Menschen!

Denn so kann Ich ja sagen: Was hätte mir unadlige Geburt geschadet? — Nichts! Er hätte mich dennoch gesehen, dennoch geliebt! Und auch so bin ich Ihm ja doch viel zu gering, nur eine Magd, oder wie sein Volk sagt: eine Sklavin. Doch ach, was denk' ich an Ihn! Es ist Alles vorbei! Er ist mir ja doch verloren! Und nur Ein Unglück ist noch größer: Ich bin Ihm ja doch verloren! und daß Dieses das größte Unglück ist, das ist mir ein Trost! der größte, der süßeste, unentbehrlichste, und ohne Den bin ich ganz verloren! Dann bin ich vergebens gefangen im Kloster, von solcher grünen Jugend an bis..... bis in unabdenkliche Jahre! Ja, meine Freundin, wäre ein Kloster ein Ort, wo ein Mädchen wirklich sein Herz vergäße mit allen seinen Freuden und Leiden, wäre es nicht grade der Ort, wo Einsamkeit und Stille unser verschwiegenes Geheimniß zu tausend Blüthen bringen, wie eine den Winter über in das warme Zimmer gezogene Rebe des Weinstocks, wären wir nicht wir im Kloster, kämen wir aus dem Kloster in die Welt, nicht aus der selig betrübenden Welt in das Kloster, gingen Engel hinein, nicht arme unwissende, verlorene Menschen, so pries' ich die Mauern, die ich jetzt verwünsche, den Boden mit Füßen stampfe, die Wände mit den geballten kleinen Händen schlage. Ja manchmal lange dasitzend und ganz verträumt mein' ich, sie wegzublasen mit meinem Hauch wie Nebelwände; ja wegweinen wollte ich sie, wenn ich es nur anzufangen wüßte. Aber, mein Gott! Ich will ja nicht glücklich sein, denn Er ist unglücklich! Ich will ja nicht frei sein, denn Er ist gefangen!

Gefangen in schöner Jugend! Ja, ich möchte zu Ihm auf seinen Thurm, hinter seine Gitter! Denn, wäre ich frei, hätte ich erst solche Angst, wie das Weib des Hänflings, dem die Kinder den Mann weggefangen, und den sie, nutzlos und kummervoll frei schwebend, frei umher fliegend, im Kerker erblicken kann und erblickt. Ach, Du hast nichts von meinem Schicksal gehört, das doppelt schwer ist, da sein Schicksal durch meineLiebe auch meines geworden. Nichts ist erschollen davon bis zu Euch, sonst hättest Du mich ja getröstet. Alles ist dunkel bedeckt geblieben; denn harte Thaten geschehen geheim an den Menschen, im Finstern, im Sichern! Und ach! auch ich übereile mich vor Hast der Mittheilung! Aber selber einen Korb mit Blumen, den wir zu lange getragen, schütten wir froh durcheinander auf einmal aus, geschweige ein schweres Herz voll Leiden! Doch ich will mich sammeln, eine Weile ruhen, um alles in wenige Worte zu drängen.

den wir zu lange getragen, schütten wir froh durcheinander auf einmal aus, geschweige ein schweres Herz voll Leiden! Doch ich will mich sammeln, eine Weile ruhen, um alles in wenige Worte zu drängen.

Am andern Morgen

Ich bin gestern um Sonnenuntergang an Ripa grande gewesen, dem Hafen von Rom, wo am breiten Ufer der Tiber auch die spanischen Schiffe ihren Wein ausladen. — Ich bin also noch Novize, wie Du daraus abnimmst. Dort traf ich letzthin unter den spanischen Schiffern einen Mauren, der ein Christ geworden, um in seinem Vaterlande bleiben zu dürfen.

O wie rührte mich der arme Morisco, der statt Isa, oder Jesus, nun Esao heißt. Ich konnte meine Freude vor den Schwestern kaum verbergen; nur ich von ihnen konnte mit ihm sprechen in seiner Sprache, die ich mit Dir von unsrer Dienern, der Maurin gelernt. Ich durfte mit ihm sprechen, da er der Bruder unsrer Dienerin ist. O die Heimathlaute, die Laute der Muttersprache, sie öffnen dem Fremden selber das Herz; darum vertraute er mir, und ich vertraute dem Vertrauenden, ihn zu bitten, mir einen Brief an Dich mitzunehmen, und sicher zu bestellen. Nun hörte ich gestern von ihm, das Schiff geht erst morgen, übermorgen, überübermorgen! Da ist denn Zeit, Dir Alles ordentlich zu erzählen. Ich habe die Nacht nur geträumt, nur geweint! Und doch hat sich das Herz mir wunderbar gestärkt und befestigt, ich habe klar gefühlt: ich bin unschuldig! Doch Unschuld schützt vor Unglück nicht, sie lehrt es nur dulden, und immer zu wagen. Ich bitte vom Himmel nur um Gelegenheit zu einem Wagniß, zum größten bin ich bereit!

— Und nun höre, was ich gethan… . .

„Ich habe geliebt!“

; Einen schönen jungen Mann, der mich liebte, Lieben und Wiederlieben, nicht vergehen lassen des Liebenden Herz, das ist unsre Bestimmung. Zu was sonst war ich geboren!

„Als ich schon sein war mit ganzer Seele, da erfuhr ich erst: mein Geliebter hat ein Weib, ja ein Kind!“

; Aber ich wußte ja vom ersten Anblick, daß er ein Türke ist, und weiß, daß ihm sein Gesetz erlaubt, eine zweite Frau zu nehmen zur Ersten, ja Drei auch Vier Frauen zu gleicher Zeit zu haben, nicht nur nach einander, wie bei uns die christlichen Wittwer! Und bleibt und lebt nicht auch Diesen, den christlichen Wittwern. die Erste, gestorbene Frau im Herzen? oder nicht? Ich hoffe, bei dem guten Manne lebt die Gestorbene auch noch mit der Zweiten fort, die Zweite mit der Dritten, die Erste und Zweite und Dritte mit der Vierten, und schlimmer —: verborgen, recht innerlich! Und hatten nicht selber die griechischen christlichen Kaiser und ihre Brüder ihre schönsten Töchter den türkischen Sultanen und ihren Brüdern zu Weibern gegeben, auch ohne den Vorbehalt, das einzige, ewig-erste Weib zu sein? Denn so tief war ich nicht über die Entdeckung erschrocken, mein Geliebter habe ein Weib in der Ferne, in Aegypten, als ich darüber erschrak: mein Geliebter ist der Sohn des Sultan Mohammed, des schrecklichen Eroberers von Constantinopel, und der Bruder des herrschenden Sultan Bajasid, und soll oder soll nicht hinziehen: den Bruder vom Throne zu stoßen! —

Liebe, barmherzige Freundin, jetzt weißt Du Alles, was mir geschehen ist — höre aber nun erst an, wie es mir geschehen, höre die Leiden des schönen armen Prinzen Dschem! Das ist sein Name: Dschem! Dschem! Aber das sonderbare Wort „Regenbogen“ bedeutet nicht so Himmlisches, Unausdenkbares. Schönes, Liebes und Liebendes, als die arme Sylbe Dschem.

Sprich sie nur ja recht weich und sanft aus, sonst thust Du Sünde an dem herrlichsten, ärmsten Mann auf Erden! Ich bin erst zwanzig Jahr, und mit aller Besinnung, mit allem klaren Denken finde ich mich schon in den Ketten meiner Mädchenzeit, in Ketten, die ich aus Gedanken und Gefühlen wie gewebt, und die mich nun fesseln und halten auf immer und immer. Ach, ich kann nicht aus meiner Seele, aus meinem Herzen, und möchte nicht! O meine Freundin, wenn Du liebst und sagst: die Liebe ist das Süßeste auf Erden! so höre doch mein leises Wort: die Treue ist tausendmal süßer, die Treue ist reine heilige Liebe! Wenn ich mich nicht bedaure, wirst Du mich also auch nicht so beschuldigen. Ich war, wie Du weißt, ein junges Mädchen von fünfzehn Jahren, als ich von Euch mußte, von Dir und meiner Mutter. Schwester, da meine Mutter gestorben war. In Trauerkleidern betrat ich das Vaterhaus. wo die Brüder nun herrschten, blos von unster lieben Maurin Helena begleitet. Granada war erobert, war ruhig, wie ein

Grab, fleißig, wie ein Bienenstock, die Mauren hatten sich taufen lassen, und auch Helene war getauft, und vorher schon so treu und sanft wie die wahrste Christin. Ich war ihre Pathe, ich hatte ihr meinen zweiten Taufnamen gegeben, so folgte sie mir. Der Herbst war gekommen, das Laub auf den Linden vor unserem Schlosse war schon gefärbt, wie ich beim Scheine der Fackeln der Diener sah, als ich den Schloßhof betrat, meine Füßchen raschelten muthwillig vor Trauer schon im gefallenen Laube, Man leuchtete mir durch die leeren Säle, durch das leere Zimmer der Mutter, an deren leeres Bett ich hinkniete, weinte und betete, in mein sonst bewohntes, liebes Zimmer nach dem Garten, der bis zu dem alten Schlosse sich dehnt, das auf dem jähen Felsenabhang liegt. Ich wußte nicht, wer darin gefangen gehalten ward. Der Morgen war herrlich, ich ging in dm Garten, bei den Herbstblumen langsam vorüber, bis in die Gebüsche. Auch Du, liebe Seele, würdest es mährchenhaft. traumhaft, bezaubernd gefunden haben, da, im gewohnten alten Kindergarten, an einem kleinen saubern Altar, der nach Osten gerichtet war, einen Morgenländer betend zu erblicken! Einen schönen jungen Mann, in den saubersten, prachtvollsten Kleidern, das engelgleiche, blasse Gesicht voll Andacht, Wehmuth und Inbrunst. Er wand die weißen, schönen Hände, daß die Ringe an seinen Fingern grün und purpurn blitzten. Seine großen Augen schwammen in Thränen. Aus frommer Scheu und Bewunderung hielt ich sogar den Athem an, und wagte keinen Schritt zurück, indeß doch ein Vogel über ihm laut sein Morgengebet sang. Aber wie heiter und froh! Da mit erschreckender Hast richtete sich der Betende auf. stampfte mit dem Fuß, und richtete einen durchdringenden Blick aus den düstern Augen in die Tiefe des blauen Himmels. Dann legte er seine Hand auf das Herz, senkte das Haupt und lächelte so bezaubernd anzuschauen, daß ich fast aufgeschrieen hätte, vor unerträglichem Entzücken. Ja, auch weinen hätte ich mögen! Da fiel sein Blick auf mich, wie ich ihn ansah, und nun wollte ich nicht erröthen. und weiß nicht, ob es doch mir geschah, aber ich vermochte nicht, meine Augen von seinen Augen zu wenden, die ganz allmälig aus leisem Erstaunen immer glühender, schwärzer, stralender wurden, das Antlitz immer schöner, anmuthiger, die Lippen immer holder geöffnet wie zu reden. Und ohne einen Schritt mir zu nahen, sprach er endlich mit wunderbar mich treffender Stimme und der reinsten Ehrfurcht: „Ich habe den Himmel gebeten, mir einen Engel zum Troste zu senden, und so schnell erfüllt er das Gebet des Duldenden! — Da steht er in seinem Sonnenschein! O Sonne, du bist nicht wunderbarer als diese Jungfrau, nicht herrlicher! Willst Du mir nicht Deinen Namen sagen? — Wirst Du bei mir bleiben? Werd' ich Dich wiedersehen? Einmal? Immer? Keinmal? Ach, ich bin gewohnt, alles Beste und Liebste zu verlieren, vielleicht verloren zu haben! Nun sollte ich auch noch beklagen, Dich gesehen zu haben! — Sage mir nur Deinen Namen! Ein Name ist ein Talisman, damit zaubert sich die Seele Tag und Nacht ihre Schätze herbei aus der Ferne, herauf aus dem Grabe, herab aus dem Himmel!"

; Wie konnte ich auf diese, in feinem Französisch gesprochenen Worten ihm sagen: „Ich heiße Philippine!" Seine Ehrfurcht und Bewunderung hatte mir die höchste, wahrste, reinste Stimmung des Weibes gegeben, und ächt mädchenhaft schämte ich mich meines Namens „Philippine von Sassenage!" Dadurch ward ich ein bloßes Fräulein von Adel! ich fiel aus den Wolken nach Frankreich! indeß die Erde mir ihn und mich nur ihm trug, wie Gewölk. O süße Freundin, der Augenblick war himmlisch! Ich empfand mich erst recht völlig! Ich wuchs mir groß, mir war wonnevoll zu Muth. Die Ehrfurcht vor dem Weibe entzündet die Liebe.

Kein Weib kann Den lieben, der sie nicht ehrt. Aber auch im Manne kommt die Ehrfurcht aus der Liebe. O was ist die Liebe! — göttlich! Mein guter Bruder Armand sagte mir später einmal: „Nur eine Lerche versteht die Lerche, der Staar nur den Staar. Das Weib versteht nur das Weib; nie versteht ein Mann das Weib, so ganz, so vollkommen, nie auch versteht das Weib den Mann. Beide Geschlechter leben ein eignes Leben, mit eignem Verständniß der Welt. Darum leben sie auch nicht ein getrenntes Leben, nein, ein verbundnes; die Natur, die Neigung führt sie zusammen, die Gewohnheit hält sie bei einander, und der unauflösliche Wahn, daß beide, daß alle Taufende Verbundene sich verstehen, indeß Wonne und Leid Jedem ein eignes, nur sein Gefühl löst, das enge, aber innerlichste, mächtige, zarteste Naturgefühl im Weibe; das weite, starke Weltgefühl im Manne, Und wenn beide durch ein Gespräch auch sich mitgetheilt, sich verständigt haben, und Eins sind, haben sie doch nur Räthsel gesprochen, versinken in ihr Wesen, verbleiben aus Naturzwang darin, und sind sich ein lebenslanges Räthsel ohne es zu wissen, zu glauben, ja ohne es recht zu merken." Der gute Bruder kann recht haben. Aber Du wirst mich verstehen, wenn ich Dir sage: Ich war so gefangen, so ganz erst an dem Orte meiner wahren weiblichen Heimath bei dem Geliebten und Liebenden, daß ich nicht wußte, warum nun nicht gleich ewig bei ihm bleiben? Warum jemals, oder jetzt noch einmal von ihm hinweggehn! Und wahrlich, ich wäre nicht gegangen, wenn ich geglaubt hätte daß ich, ich, meine Seele nicht bei ihm bliebe! nicht seine Seele bei mir!

— wenn die Liebe sich nicht gern verbirgt, gern träumt, sich die Unerforschlichkeit des Herzens klar machen will, zum klaren Fassen: die Liebe ist unerforschlich! Dann das holde Schweigen, Verschweigen! Die Schaam, die Ehrbarkeit der Jungfrau — der Anstand — den sie nimmt, um sich zu sammeln — die holde Flucht vor dem Geliebten, ihn nachzuziehen, die Sucht ihn in Zweifel zu stürzen, die Wonne, ihn alles erst erflehen zu lassen, ihm allmälig zu erlauben, Eins nach dem Andern hoffen zu dürfen — was er vom ersten Augenblick an ganz, uns ganz — mich ganz besaß. Die Freude, ihn gesehen, gefunden, erworben zu haben, war unerträglich! Ich weiß nicht, was ich sagte, aber ich entzog mich ihm, wie er bezaubert dastand! Seine treusten Blicke, seine entzückenden Worte, sie eben scheuchten mich fort. Ich aß den Tag nur, wie ein Vogel knüspert, ich sang alles, was ich sagen wollte oder mußte, und war doch so voll Schaam, voll Geheimniß, voll Trauer schon! Ich erschien den Tag nicht im Garten, die folgenden nicht; aber ich sah Ihn wohl und seine hergewandten Augen; nur die Jalousieen meines Fensters mußte ich regen, ich steckte einen Rosenzweig mit späten Rosen dazwischen. Dafür war meine Maurin Helena beschenkt worden; sie hatte an mir eine Leidenschaft gemerkt, sie hatte den vertrauten Diener des Prinzen gesucht, getroffen; sie hatte in Vorrath gefragt, alles erfahren, alles, jeden Namen sich treu gemerkt, wieder gefragt, wieder gehört in mehreren Tagen, und als ich bei einem Entkleiden zu Nacht sie bat: sich zu erkundigen, wer der Fremde sei?

— da setzte sie sich zu mir auf das Bett und weinte um mich und um ihn, und erzählte mir dann mit Bekümmerniß, und ich mußte neue Namen ungekannter Männer lernen! fremde große Dinge sollten mich armes Kind nun angehen! berühren, verletzen! Mein Herz sollte die Zither sein, darin alle jene rauhen, wilde Klänge sich sammelten, bebten und dröhnten! Und wirklich es war so! Die Umstände hatten mich tief in der Welt verflochten, Helena sprach: „Ach, der arme Prinz! wenn er nur nicht schuldig wäre an seinem Unglück! Aber Dschelalbeg klagte mir, er hab nur damals nichts sagen dürfen, als der falsche doppelzüngige Großwesir Mohammed Nischani nach dem Tode des Sultans seinen Herrn aufgefordert habe, aus Karaman herüber zu kommen, den Thron zu besteigen! Auch habe der Prinz, Dschem heißt er, nicht so viel Recht gehabt, als sein erstgeborener Bruder Bajesid. Und er hätte nicht Krieg anfangen sollen. Doch was weiß ich! Dschelalbeg sagte nur, daß sein Herr zur Vertheidigung seines Lebens sich rüsten müssen, als ein lebender Bruder des herrschenden Sultans; denn dort ist das Hausgesetz, daß kein Bruder des Sultans leben soll; er sagte, daß Dschem achtzehn Tage lang Sultan zu Brusa gewesen sei, daß die Geistlichen in den Kirchen für ihn gebetet, und daß er Geld auf seinen Namen geschlagen. Dschelalbeg zeigte mir die Silbermünzen, und gab mir Eine für Dich. Dann haben falsche Freunde dem Prinzen gerathen, sein Heer zu theilen — her Eroberer von Ortranto, der ungeheuer stolze Kedük Ahmed Pascha ist auf die Seite des Sultan Bajesid getreten — der Verräther Jakub hat, für eine Statthalterschaft, Dschem's bestes Heer zum Sultan übergeführt! So hat der arme, am Schenkel verwundete Dschem aus der Schlacht bei Jenischehr fliehen müssen, hat Alles verloren, so daß ihm sein Kämmerer Sinanbeg gegen die Kälte der Nacht seinen Oberrock leihen müssen! Gute Leute haben ihm auf seiner Flucht nach Aegypten zu Essen gegeben; in Haleb und Damaskus und Jerusalem sind sie gut bewirthet worden, und über Hebron und Gaza ist er mit seiner Mutter — erschrick nicht — mit seinem Harem, seiner Frau und seinem kleinen Sohne, dem kleinen Prinzen Oghus-Chan, glücklich nach Cairo gekommen, wo sie es Alle bei dem Sultan Kaitbai gut gehabt. Im Winter ist Dschem mit seinem Siegelbewahrer Haider, dem Dichter, mit Saadi, dem Dichter, seinem Defterdar, und mit Dschelalbeg nach Mekka, und dann zum Grabe des Propheten nach Medina gewallfahrtet. Darauf haben die heimlichen Feinde des Sultans Bajesid wieder den armen Dschem verlockt nach Kleinasien zu kommen, um sein Erbe bei günstiger Zeit zu gewinnen. Da sind sie gegangen! Ihr Heer ist noch zu schwach gewesen, und vom Sultan zerstreut worden. Da haben sie sich in das Steinland gerettet. Dschem hat von seinem Bruder Land in Asien erhalten sollen, das er ihm durch Gesandte angeboten, oder ruhig seine bisherigen Einkünfte in Jerusalem verzehren; denn die Braut des Reiches könne nicht getheilt werden, und Dschem solle doch die Hufe des Pferdes und den Saum des Kleides seines Bruders nicht mehr mit unschuldigem Blute des Volkes beflecken.

Da hat ihm aber Kasimbeg gerathen, nicht zu gehorchen, aber auch nicht nach Persien oder Arabien zu fliehen, sondern in die europäischen Länder der Türken, wo die Christen wünschen die Türken auszurotten, wie uns, arme unglückliche Mauren in Spanien! Ach, da hat der arme Dschem Freunde an den Königen zu finden geglaubt, die ihm auf den Thron hülfen, den sie doch umstürzen wollen, sitze nun Er darauf oder ein Anderer. Dieser unglaubliche Irrthum ist Dschem's Fehler und Unglück! sagte Dschelalbeg dreimal! Darauf also hat Dschem seinen Vertrauten, Suleiman den Franken, an den ***Großmeister von Rhodus* geschickt, nicht, um sich ihm auf Gnade und Ungnade als Gefangenen zu übergeben — da ihm die ganze Welt offen stand, und Hülfe und Rettung selbst im Kriege war, sondern ihn nur um freundliche Aufnahme und Weiterbeförderung gebeten. Diese betrügerischen Ritter, die unversöhnlichen Feinde der Türken, haben ihm nun Sicherheit und Gastfreundschaft zugeschworen. Da ist die treue Seele, der arme Dschem. in seine Gefangenschaft gegangen! Sie haben ibn mit seinem Gefolge — damals ihrer dreißig Mann — in einem prächtig geschmückten Schiffe abgeholt, daraus eine Brücke bis an das Ufer geschlagen, sie mit kostbaren niederländischen Teppichen belegt, so daß er zu Pferde aus dem Schiffe reiten können. Die Ritter haben ihn alle da ehrerbietigst empfangen, ihn durch die mit schönen Teppichen behangenen. mit Blumen und Myrthenzweigen bestreuten Straßen geführt, Tausend schöne Frauen und Jungfrauen haben ihn mit Blicken und Stimmen begrüßt! Voraus haben Sänger französische Lieder gesungen, die hierosolymitanischen Jünglinge in seidenen Kleidern haben kostbare Specereien geräuchert; der falsche, betrügerische Großmeister, auf goldgeschirrtem Schlachtroß ihm zur Linken, die Ritter hinter ihm, so haben sie ihren Gefangenen in seinen Pallast, in die Zunge von Frankreich, geführt! Aber Alibeg, Dschems Vertrauter, hat Verrath gemerkt, und von dem Schreiben gehört, das der Großmeister d' Aubusson von dem Großwesir Ahmed Pascha empfangen, den Dschem auszuliefern; und da Alibeg des Prinzen Weib und Kind holen sollen, hat er ihnen gerathen, nach Aegypten zu fliehen. Da sind sie noch. Den Prinzen hat der Großmeister aber nicht ausgeliefert, sondern lieber auf jedes Jahr für seine Bewahrung 45000 Zechinen genommen, denn die Ritter brauchen Geld! Und als wenn d' Aubusson den armen Dschem vor Gift und Dolch seines Bruders Bajesid sichern wolle, hat er ihn durch seinen Neffen, den Ritter Blanchefort, nach Frankreich geschickt, auf eine Comthurei des Ordens. So sind sie zuerst nach Nizza gekommen, und so sehr dem Prinzen die schöne Stadt gefallen, daß er sogar ein Gedicht auf sie gemacht, denn er ist ein berühmter Dichter, so hat er doch bald nach Rumili fortgewollt, seinem Ziele entgegen. Da haben die Ritter gelogen und gesagt: da er den französischen Boden betreten, so könne Er und Jeder, der es thue, nicht ohne Bewilligung des Königs von Frankreichs mehr aus dem Lande! Das hat der arme Dschem glauben müssen, und an den König einen Gesandten geschickt, welchen die Ritter auf der zweiten Tagereise ergriffen und eingesteckt haben. Und als die vier Monat umgewesen, wo er hätte zurück sein können, da haben die Ritter, der Pest wegen, ihren Gefangenen auf die Comthurei des Ordens zu Roussilon geführt. Von da hat der arme Dschem zwei seiner Treuen, den Beg Mustapha und Beg Ahmed, mit handfesten Begleitern, in fränkischer Tracht, an den König von Ungarn gesandt. Denn sein Gesandter an den König von Frankreich war auf dem Wege nach Roussilon zu ihm gekommen, und hatte geklagt, daß ihn Räuber zerschlagen und ausgeplündert hätten. Aber die Beg's sollen trotz der handfesten Begleiter auch heut noch wiederkommen! Dagegen sind alle Leute aus Roussilon und der ganzen Umgegend von weit und breit zusammengeströmt, um den Sohn des Eroberers von Constantinopel zu sehen, und so ist auch der schöne junge vierzehnjährige Herzog von Savoyen, der Befehlshaber von Chambern, zu dem armen Dschem gekommen, der. von seiner Schönheit bezaubert, ihm einen kostbaren Damascenersäbel geschenkt, und den gerührten jungen Herzog gebeten, ihn aus der Sklaverei der Rhodiser Ritter zu befreien, und ist der Erlösung schon froh gewesen, da es doch Jemand in der Welt, ein Herzog der Franken, ein Christ, gewußt, daß er ein armer Gefangener sei! Der Sultan, sein Bruder, hat einen Gesandten, den Huseinbeg, an den König von Frankreich geschickt, der nach Rhodus die rechte Hand, die Taufhand Johannis des Täufers, den Johanniterrittern aus den eroberten Reliquien von Constantinopel gebracht, welche sie nach feierlicher jubelnder Procession in der Capelle der Johanniskirche dem Volke zur Anbetung ausgesetzt. Aber der Gesandte hat für die rechte Hand Johannis die rechte Hand des armen Dschem verlangt — sein Gefolge! Der König von Frankreich ist zur passenden Zeit gestorben, die Ritter lügen ihm Furcht vor Aufstand und Verwirrung vor, und nehmen ihm mit 800 Cürassieren seine Leute, die er ja grade bedürfen könnte, sich zu beschützen. Der arme Dschem darf sogar nicht den Gesandten seines Bruders sprechen, und Huseinbeg fährt mit den Beschützern Dschems nach Rhodus ab. Ihn selbst führen die Ritter auf der Isere und der Rhone nach le Puye, nach einem Felsenschlosse, und schleppen ihn nun hierher nach Sassenage! — Da hast Du seine Geschichte! Da hast Du Ihn!" schloß die gute maurische Seele. „Und hier hast Du einen Brief von Ihm!" —

; O meine süße Freundin, so viel, so unendlich viel muß in der Welt geschehen, ehe eine Schwalbe im Frühlinge zu uns, ihr Nest zu bauen, kommen kann, und kommt! So viel Unrecht, so viel Arbeit und Weltdinge mußten geschehen, ehe Ich den armen, von aller Welt verlassenen Dschem hier in meinem Kindergarten beten sehen konnte, und Er mich sah. O mich Arme, Arme um Ihn! mit Ihm!

; Konnt' ich den Brief ungelesen lassen? Ich hatte ja so noch keinen morgenländischen Brief gesehen! O wie er schon duftete! Mußte ich ihn nicht öffnen! Mußte ich nicht den Geöffneten lesen! Mußte ich da nicht Antwort senden? Hatte Er da nicht mir wieder ein Wort auf ein Wörtchen zu sagen, zu fragen, zu bitten? — Der Liebende bittet so natürlich, er bittet ja nur um der Geliebten Glück, wenn sie liebt. Darum gesteht die Geliebte so gern nach und nach Alles zu, was der Liebende ja schon lange besitzt — uns selbst. So ward ich verflochten! Und das Kühnste, wie klang es fo hold, so unschuldig in der Sprache des Himmels, im reinen fehllosen Gedicht! O die Dichter, wenn sie schön, jung, reich und vornehm sind, wissen gar nicht, was sie vermögen, wenn das Herz nur an Dichtkunst glaubt; und mir war die ganze Natur ein reines, himmlisches Mährchen! Ich glaubte nicht nur an die Dichtung, ich führte sie aus, und in das Leben ein, und sein und mein Leben ward und war das reinste, klarste, hinreißendste Gedicht. Meine Maurin Helena war von meiner Seite die Vertraute, von seiner Dschelalbeg, der arme Kranke. So kamen und schwanden Sonnen, Tage, Wochen, Monde! Sie zogen über unsern Häuptern leise und ungemerkt hinweg, aber unsre Herzen blühten unter ihrem Wandel auf, wie die Rosenknospen den Himmel nur daran spüren, daß sie aufblühen, und die Astern, daß sie Saamen bringen. Mein böse Bruder, Roland, der Rhodiser Ritter, hatte mir den Garten verboten, am Mittag des ersten Tages meiner Heimkehr, also schon tausend Jahre zu spät! Die Liebe ist schnell! Die Augen konnt' er mir auch ferner nicht verbieten, das geisterhafte leise Umgehn und Schweben des Geliebten in meiner Seele, das Schweben meiner Gedanken um ihn. Nur wenn meine Brüder nicht da waren, betrat ich den Garten — aber nur Einmal waren sie Beide nicht da, und nur Einmal preßte mich der Geliebte an sein Herz, nur einmal kostete ich seine Lippen. Aber doch einmal! Die weitklugen Brüder hatten mich nicht vor dem Prinzen gewarnt, um mich nicht zu reizen, zu beleidigen. Aber kein treuloseres Geschöpf, als ein Weib, treulos gegen alle Andern, um dem Einen treu zu sein!

; Da saß ich eines Freitags Abends in der Dämmerung bei meinen Brüdern. — Da tritt Dschem zu uns ein, schimmernd von Schmuck und Schönheit, Er durfte zu meinem bösen Bruder bis in das Schloß kommen aus seinem Schlosse und Garten, die auf hohen, jäh abstürzenden Felsen lagen; nur aus der Pforte unsres Schlosses durfte er sogar nicht den grünen großen Hof betreten, den eine hohe Mauer umschloß, deren Zugang streng bewacht ward. Er war da! So bin ich nie erfchrocken! Ich war rathlos! Ich that einige Schritte rasch, ich wußte nicht wohin, um es vor Freuden laut zu verkündigen: „Dschem ist da!" Selbst mein guter Bruder Armand wollte mich aus dem Zimmer führen, aber der Prinz bat so hold, so weich, daß ich bleiben durfte. Ich habe vergessen, Dir zu sagen, daß Dschem mir am vorigen Morgen geschrieben: „Willst Du mein Weib sein? Gott wird helfen!" und daß ich ihm am Abend geantwortet: „Dein Weib will ich sein. Gott wird uns helfen!" Merke wohl, ich sagte schon: „Uns!" Das überfiel mich erst, als Dschem freundlich meine Brüder jeden an einer Hand faßte, sie sanft hielt, ihnen sanft in die Augen sah und sie sanft bat: „Gute Brüder, gebt mir Eure Schwester zum Weibe!"

; Da wollten ihm Beide die Hand entziehen, aber mit seiner Riesenstärke hielt er sie mit Gewalt fest, und sprach sein Wort noch einmal so sanft, und fügte hinzu: „Ich liebe sie redlich und treu, und sie fragt sie, ob sie mich will. Ich bin jetzt ein armer Gefangener, der Sultan mit losgegürtetem Schwerdt; aber, so Gott will, nicht immer, nicht lange nun mehr nach so Langem! so Schwerem! Zweiundzwanzig Jahr alt war ich in Rhodus. heut ist mein sechsundzwanzigster Geburtstag. Ich bin kein Bettler, kein heimathloser Derwisch; der Sturm har den Adler verweht! Ich bin nicht Asche, ich bin aufgehobenes Feuer! Ich bin eine volle drängende Lilienzwiebel, die dem Gärtner in der Hand keimt — nur Erde, o nur Wasser, und sie treibt ihre Krone und steht in Pracht. Und ich habe ein mütterlich, väterlich Land, ich lebe in meines Vaters Volk. Gebt mich nur frei und ich bin Sultan von Stambul, und Eure Schwester ist meine Sultanin, ein gewaltiges Weib! und Ihr seid meine Schwäher. Habe ich dem Großmeister zu Rhodus geloben müssen, wenn ich Sultan von Stambul werde, den Schiffen und Flotten des Ordens alle Häfen meines Reiches zu öffnen, ihm hundertundfünfzig-tausend Zechinen zu geben für ihren Beistand — der entsetzlich ist — und alle Jahre Dreihundert Christensklaven ohne Lösegeld frei zu geben — O was will ich da Euch erst thun! Der Orden verdient die Eroberung von Rhodus von mir für seinen solchen Beistand — aber ich werde ihm Alles doch redlich erfüllen!

Und habt Ihr Brüder Vortheil von dem Orden, als meine Gefangenwärter — ich will Euch mit Gold überschütten! Euch Inseln und Statthalterschaften geben! Mein Weib soll eine Christin bleiben; denn Juden und Christen und Mohammedaner sind nur drei Sprosse aus Einem uralten Olivenstamme, und gehen nur vereint zu Grunde. Ich liebe das Frankenland nur zu sehr — und wie mein Vater Mohammed, dem Gott gnädig sei, auf ein einziges Bittwort meiner Mutter, einer servischen Christin, ihr alle seine vierzigtausend Christensklaven in einer Stunde frei gab — ach, und ich habe als Kind ihre unermeßliche Freude gesehen — so will ich, meinem Weibe zu Lieb' und zu Ehren, im Voraus alle Sklaven frei geben — ich will keine machen! Keinen Theil von der Beute meiner Heere nehmen! Und hier bringe ich ihr im Voraus meine Geschenke, und Euch, meine Brüder! Seid nicht blind über, die Welt, seid nicht hart über gute Herzen! Laßt mich nicht verkümmern, laßt sie nicht verkümmern! Ich bin eines Weibes werth, und sie eines Mannes, wie Ich." —

; Mir zitterte und bebte das Herz. Meine Thränen flossen unaufhaltsam. Er schwieg. Er ließ meine Brüder los, er langte die Brautgeschenke hervor, öffnete lächelnd die Kästchen und sonderte die Geschenke für die Brüder. Dann setzte er sich ruhig auf den Teppich zur Erde.

; Mein guter Bruder Armand trat leise zu mir nahe und fragte mich leise: „Willst Du ihn zum Manne?" Darauf hatte ich armes Kind keine Antwort, als ihm an die Brust zu sinken.

Er umschloß mich, ließ mich weinen, ließ mich dann los und flüsterte zweifelnd: „armes Kind!" Mein böser Bruder Roland aber sprach jetzt zu Dschem: „Mein Prinz! Ihr ehrt meine Schwester wahrhaftig am höchsten auf Eure Art und Landessitte. Eine Antwort ist Euer Wort werth. Vernehmt mich also: Ihr seid in des Ordens Gewalt. Empöre Euch nicht die Wahrheit: Ihr seid — so kehrt das Schicksal die Verhältnisse um — Ihr seid ein Türkensklave der Christen. Ich sehe Eures Gefangenseins Ende nicht ab. Eilt, eilt, alt und grau zu werden! Eilt, am Stabe zu gehn! Eilt blind und taub zu werden! Eilt zu Grabe! Denn leider, das menschliche Mitleid treibt mich zu sagen: leider lasse ich auf Befehl des Großmeisters, schon seit dem Frühjahre für Euch besonders zur Wohnung einen starken Thurm erbauen, sieben Stockwerke hoch. Im Untergeschoß ist der Keller. Zu ebener Erde die Küche. Im ersten Stockwerk der Koch. Im Zweiten das Zimmer der Diener. Im Dritten die untere Wachstube der Ritter. Im vierten Euer

Wohnzimmer. Im Fünften Euer Schlafzimmer. Im Sechsten die obere Wachstube der Ritter. Im Siebenten die Kammer für Sachen und Waffen, und als achtes Stockwerk droben draußen, ein ummauerter Garten mit ein paar Blumen! Im Siebenten kann auch ein Bad sein, denn durch Röhren und Druck des Wassers von den höheren Bergen ist selbst ganz droben im Garten ein Springbrunn. Wenn Ihr also nicht fliegen könnt.... wie gesagt, ich vollstrecke blos des Großmeisters d' Aubusson Befehl, der hier nahe auf Schloß Bourg neuf gekommen ist; und ist er auch eitel auf den Ruhm von Ehre und Macht, in seiner Heimath zumeist, wie jeder andere Mensch, so ist unserer Ritter erstes Gelübd doch Gehorsam! Blinder, herzloser Gehorsam! Und nur unser Meister hat Willen, Verstand und Erbarmen! Wir Andern haben allein den Gehorsam. Ohne Anzeige, ohne Erlaubniß dürft ihr kein neues Kleid bekommen — sagt, gehet: Wie soll ich es über die Zunge bringen, Euch meine Schwester zum Weibe zu geben! Und soll sie mit Euch gefangen alt werden und sterben? — Denn so versteh' ich den Thurm! Und liebt Ihr sie nicht? Warum wollt Ihr sie nur zum Weibe, so glauben wir hier!" Mein böser Bruder, der Rhodiser Ritter, schwieg plözlich und warf einen grimmigen Blick auf mich, wie einen schwebenden Blitz. Während seiner Worte hatte sich Dschems Antlitz zu Anfang verdüstert, erbittert, ergrimmt. Aber, von einem Gedanken wohl, heiterten seine Blicke sich auf, ja er lächelte unbeschreiblich vor sich hin, und blickte dann meinen bösen Bruder an, so rührend, schön und kindlich — wie ein Kind! Mir vergingen Kraft und Sinne. Ich weiß nicht, wie Dschem das Zimmer verlassen. Als ich zu mir kam, war er fort, und mein einer Bruder stand, mit über der Brust verschrenkten Armen, vor mir mit kaltem Hohn um den Mund und im Blicke. „Nun?" — sprach er — „Nun, Philippine Helene Damoiselle de Sassenage! So jung, so groß zwar und schön, daß muß Dir der Feind lassen, aber schon so verschlagen, verschwiegen, erobernd im Anblick, aber Wen?

Nein, meine Kaiserin von Constantinopel. Sultanin aller Ungläubigen. wir Johanniterritter sind zwar geschworene Feinde und Absager der Ehe, also ich auch! Ich! Aber dein guter Bruder selbst muß sagen: die Christen haben eine andere Ehe! Ein Mann — : Eine Frau! Eine Frau — : Einen Mann! So hat die Kirche wenigstens aus Tradition, ohne Wort des Herrn zwar selbst, es eingeführt. Und Eine mit Einem, nur das ist Ehe! Ehre! Zufriedenheit! Glück! — wenn noch! — so nur! Wer es anders sagt, mit dem kämpf ich auf Tod und Leben! Du würdest, blos als das zweite Weib des Dschem, eine Türkin! eine Abgefallene! eine Verdammte! Die soll, die wird meine einzige Schwester nicht sein! Habe weibliche Ehre! Ehre des Weibes! Für die Jungfrauen geziemt sich eben Ehre der Weiber zu haben! im Voraus Alle elenden unglücklichen Weiber werden nur aus erbärmlichen Jungfrauen. Gàre ton honneur! Gàre! Damoiselle de Sassenage!

; Dabei hob er eine geballte Faust in die Höhe, schlug mit der Rechten an sein Schwerdt, und wandte sich rasch von mir ab und verließ uns auch.

; Was ich empfand, unwillig und gebietend empfand, das war, dem armen Gefangenen, dem herrlichen jungen Manne war ich Genugthuung schuldig! Denn eine Brautwerbung weiß ein Mädchen nicht hoch, nicht theuer genug zu bezahlen; denn wer auf der Welt meint es besser mit ihm, als einer, der es zum Weibe begehrt. O wie fühlte ich mich seine Schuldnerin! Mein guter Bruder kam und zog mich zu dem Tische, worauf Dschem die Geschenke stehen gelassen; er machte sie zu, hüllte sie ein und gab sie mir „zu Dschems Andenken!" Mit diesem Worte hatte auch Er seine Meinung gesagt, gütig und tröstlich, und seine ganz abwendige, ja, nach längerem Schweigen gab er mir die Hoffnung, daß Alles sich oft gar plötzlich in der Welt verändere, dem Glücklichen meist zum Nachtheil, lber dem Leidenden meist nur zum Glück. Der Großmeister d' Aubusson sei alt und wolle vor seinem Ende noch gern Kardinal werden, vielleicht auch Papst. — Mein Gott, und so fing auch der Papst sogar an mich zu kümmern! Mein böser Bruder war mit einigen Johannitern weggeritten; die Maurin, die ich auf meinem Zimmer fand, wußte: nach Schloß Bourg neuf, wenigstens bis auf übermorgen. — Aus bekümmertem Herzen schrieb Ich heut einige Worte an den armen Dschem; ich glaube, ich habe ihm auch den Trost geschrieben, daß mein guter Bruder uns günstig sei, wie heut, gewiß immer, wie von Jugend auf. Mir war eine ängstliche Last vom Herzen, die Last der Undankbarkeit. Helene war kaum fort, da kam sie schon wieder, und brachte durch Dschelalbeg einen kleinen

Streifen Seidenpapier mit den hastig von Dschem geschriebenen Worten: „Wenn der Mond
aufgeht, gehe Du mir auf!"

; Mein guter, Bruder war vor Verdruß krank und wollte sich sehr zeitig zur Ruhe begeben.
O Himmel, wie hing mein Auge nun an der Gegend, wo sich die Wolken entzündeten und
flammten wie eine Feuersbrunst! Wie weinte ich dem Säuseln des kühlen Hauches entgegen... .
wie staunte ich die große Purpurscheibe an, die leis heraufgehoben ward von unsichtbarer, aber
unleugbarer ewiger Hand! Wie starrte ich in sein mildes reines Antlitz, aus dem mildes Licht
quoll, und dem gegenüber schwarze bezaubernde Schatten sich webten, „Wenn der Mond, aufgeht" wiederholte ich, — „Er ist aufgegangen," sprach ich gebannt und ging. Aber o Himmel,
welche Ueberraschung war mir bereitet! Welches Zeichen der Liebe und Ehre gegeben — das
höchste von einem Manne! Ach, und ohne überraschte Liebe, wäre wohl noch geschehn. was
geschah? That ich ohne sie, was ich that? O das menschlich-Reinste, das Erhoffteste, Seligste
für die stolzeste Jungfrau.

; Dschem erwartete mich an seinem Betaltar. Er stand in Gedanken. Ich mußte ihn anrühren,
ehe seine Gestalt sich regte. Er schauderte süß und flüsterte: „Also Du. Du doch willst mein
Weib sein. Du hörtest meine Worte, und eines redlichen Herzens Worte sind Eide. Ich halte
sie alle. Kein Weib bricht die Liebe! — Liebst Du mich?"

; Was Du selbst gesagt hättest, meine süße Freundin, das sagte ich — mit Schweigen. Er
bat mich in seinen Saal zu treten. Ich blickte nach meinem guten Bruder zurück, ich horchte
in die Ferne, als hörte ich meinen bösen Bruder dahinreiten — und ***eilte* an seiner Hand.
Ich verschleierte mich dicht.

; Der Saal war erleuchtet. Da standen prachtvoll geschmückte glänzende Männer in ehrerbie-
tigem Schweigen. Ich sank an der Schwelle der Thür auf die Kniee vor Dschem. Er ließ mich
nur halb sinken, aber das war genug, daß es die Zeugen der Ehestiftung, als das geähnliche
Zeichen der Unterwürfigkeit einer in das Haus ihres Mannes eintretenden Braut ansahen. Er
führte mich sanft an einen Tisch, er zeigte mir einen Bogen Seidenpapier und wies stumm mit
dem Finger nur blos auf die Wörter... . „Mitgabe"... . Wittwengeld" und auf andere Wörter
und Goldsummen in Zahlen, die ich alle mit sehenden Augen nicht sah. Haider, der Dichter, drückte als Siegelbewahrer das Siegel mit dem Namenszug „Dschem" darunter; Dschem
gab mir das eingetauchte Rohr in die zitternden Finger, führte mir lächelnd die Hand, und
so schrieben wir Beide meinen Namen „Philippine von Sassenage." Dann umarmte er mich
Weinende lange stumm. Dann traten die vornehmen Männer seines Gefolges einzeln heran,
wünschten mir Glück und beschenkten mich mit blendend schönen Gaben; und wer uns Glück
gewünscht und beschenkt hatte, der verließ dm Saal, und so standen wir endlich Beide all.in
— und Ich, als das nach allen Gesetzen getraute ehrliche eheliche Weib des schönsten, edelsten,
liebendsten Mannes auf Erden; Mahomet, der Eroberer von Constantinopel. ward in der Erde
mein Schwiegervater, und der Sultan Bajesid mein Schwäher. Ich weinte, wie ein Kind zitternd,
aber doch selig! Glaube mir, selig. Nur unwandelbare Dauer diesem Glücke, flehte ich von der
heiligen Jungfrau. Nur Muth für mich! Und Glück und Freiheit meinem Gemahl! Und Frieden, Versöhnung mitseinem Bruder! — Furcht durchrieselte mich nicht. Der starke Dschem
beschützte mich — oder rächte mich doch.

Ich dachte an Vater und Mutter — und ich sahe mit leiblichen Augen, ich sahe hin und sahe
deutlich: mein Vater trat in die Thür! Er ganz! aber nur jung — und er lächelte! Das entzückte
mich! — Er kam auf uns zu — es war mein Bruder! der gute... . ich flog in seine Arme! Nun
war mir wohl! Denn er wünschte dem Fräulein von Sassenage Glück zur Sultanin. Er wußte um
Alles, denn er trat dann an den Tisch und unterschrieb, als Zeuge der Ehe, seinen Namen: Armand de Sassenage, Chevalier. Dann legte er seine Hand auf meinen Kopf. Dann verließ er uns.

; Dann kam Helena und badete mich. —

; Der Mond ging unter, als mein Gemahl mich gegen Morgen nach dem Gartenthor meines
Schlosses begleitete. O kann man denn gar nicht scheiden? O, was ist süßer als Scheiden, als
Abschiednehmen? Nichts in der Welt! Und das ist viel gesagt von einer Jungefrau. Ich konnte
die Stufen der Marmortreppe in Einem Athem nicht steigen! O, wie der kalte Marmor des

glatten Geländers meine brennende Hand kühlte! O, wie bestaunte ich mich in dem großen goldumrahmten Spiegel und lächelte mich an! O wie warf ich mich auf mein Bett!

; „Was ist nun das Grab!" schluchzete ich. „Was ist nun das Unglück! Auch mein Glück nichts, nichtig, niemals etwas — — —" „Wir wollen sehen!" raunte eine Stimme in mir. — Ich horchte! — Aber Niemand sprach. — Rasch schlief ich ein.

Am zweiten Morgen

Ich mußte auch jetzt schlafen. Ein Bett ist der wundersamste Ort, der Schlaf das unstörbarste Dasein der Traum das innigste Leben, Ich brach ab bei dem Gipfel des Glücks, ich wollte Dir nicht gleich Wermuth auf Honig reichen, wie das Schicksal mir. O wie bald sind die längsten, heitern, wie unverwüstlichen Tage zu Ende — und es regnet! Wie rasch ist das Lächeln, das Schweigen des glücklichen Menschen aus, und das Weinen ist Not und die endlose Klage! Und wie sollte ich nicht bald das Ende meines Glückes finden, ich, die ich seinen Faden für eine Wolke geknüpft, an ein schönes Bild im See! Ja, der Unglückliche hat Freunde, aber sie werden an ihm, +++i ihm, mit ihm unglücklich; nicht durch ihn, denn sie wußten ja alles. Die Herzlosen ziehen sich von ihm zurück. die Seelenvollen schließen sich fest an ihn an — und vergehen! Ich habe meine glücklichen Stunden und Tage und Nächte und Wochen nicht gezählt! Dschem war nun mit recht als morgenländischer Dichter begeistert von meinem Besitz. Seine Briefe, seine Gedichte füllten mir bald die köstliche Mappe, Ich wohnte bei meinen Brüdern, und war ein Weib in meinem Kinderbett. Nur eifersüchtig war mein Gemahl im höchsten Grade — auf mein Gesicht! Ich mußte beständig den Schleier tragen.

„Das Gesicht ist das Weib!" sagte er, das unterscheidet sie allein von allen andern Frauen. Das Gesicht muß das Weib allein behalten und keusch bewahren, sonst behält sie der Mann nicht allein. Die Keuschheit des Gesichtes ist die edelste Keuschheit. Ich zeige meine Schätze und Juwelen nicht jedem Thoren, und ihr Weiber füttert alle Gecke mit der Speise eurer Schönheit!" — Da gab mein böser Bruder Roland dem Prinzen einige Feste im großen Hofe unseres Schlosses, wie ihm die Ritter schon auf Rhodus Turniere, Banquette und Jagden gegeben. Auch eine Reiherbeize sollte er halten. O, da hättest Du meinen armen Dschem zu Pferde sehen sollen! Mir schauderte hinter dem Schleier, mein Herz bebte mir im Leibe vor Freuden. O, Du hättest ihn sehen sollen zu Fuß, als Kämpfer entblößt: als Pehliwan! Meine Brüder und alle Ringer rang er leicht und fröhlich zu Boden. Er war schnellfüßig wie ein Hirsch. Eine große Keule, mit eisernen Ringen beschlagen, hob er mit seinem nackten markigen Arm, und hielt sie ausgestreckt grade dahin! Seine Begleiter erzählten, daß er die furchtbare Keule des starken Sultans Alaeddin, noch mit eisernen Ringen um Großes beschwert, eben so leicht geschwungen. Endlich kommen die Falkenjäger, den prächtigen Falken aus dem belgischen Dorfe Falkonswaart wird die Haube aufgesetzt. Dschem und die Ritter schwingen sich auf ihre Pferde, er blickt noch einmal zu mir empor, er wendet sich, die Hand auf dem Herzen — und er kam zu Nacht nicht wieder! Die folgende Nacht nicht wieder! Keine lange unendliche folgende Nacht! Mein böser Bruder Roland holte sein Gefolge ihm nach — hin nach Bourg neuf! hin in den fertigen Thurm! Das vertraute mir mein guter Bruder Armand. Nur Dschelalbeg mußte und durfte im Schlüsse bleiben, weil er hinlänglich krank war an der nicht türkischen, sondern christlichen Krankheit, der Gicht vom Wein! 5r hatte den Gebrauch „Gesundheit zu trinken+++ldquo; gelernt und zwar auf Andrer Gesundheit getrunken, doch nicht auf seine, oder zu seiner.

So waren wir nun geschieden, von Tisch und Bett, nicht wie sonst nur von Tisch und von Tage. O Jammer! Ich fühlte mich wie dem Monde vermählt, mit dem leuchtenden Vollmond — und nun war er verschwunden, unsichtbar am Himmel und auf Erden! aber in seiner Finsterniß lebte er, ach, und rang nach mir, O, wie war mir, als ich die Sichel des Mondes wieder am Himmel erschienen und schimmernd sah! Ach, es war nicht Er! Er blieb mir in nächtlicher Ferne verschwunden!

Aber da kam nun andre Sorge! Ich fühlte mit Ehren mich Mutter. Die Tage und Monde erfüllten sich, ich ward mit Thränen Mutter. Mein böfer Bruder war lange nicht im Hause gewesen — diese Nacht muß er wiederkommen! Er hörte mit Verdruß ein Kind schreien. Mit Schrecken... . in meinem Zimmer! — Einmal freilich mußte der Ausbruch, der Anfall seines Grimmes über die Heimlichkeit und den Betrug meines Herzens überstanden werden! Aber warum heut!

Er tritt ein. Er bleibt stehn. Er sieht. Endlich spricht er mit klappernden Zähnen und wehmuthvoller und leisegrimmiger Stimme: „Damoiselle de Sassenage —"

Die Sprache versagt ihm. Mein Bruder Armand ist herbeigeeilt, lacht gezwungen und verbessert Rolands Wort: „Nein, nicht Damoselle… . sondern die Sultanin des Sultan Dschem! — höre mich recht: die Sultanin des Sultan Dschem!"

„Ich höre das unchristliche Unrecht!" entgegnet Roland, und er muß einen Blick in die Urkunde der Ehe thun. Nun ist er erst wie gebannt. „Uns sprechen wir noch, Bruder Armand!" spricht Roland.

Das Kind ist gewickelt, er ergreift es in seinem Bettchen — und ich habe mein Kind, meines armen Dschems Kind nicht wiedergesehn!

Darauf verging wiederum lange, schwere, schmähliche Zeit. Dschem hätte meinen bösen Bruder mit der Keule erschlagen, wenn er nur einen seiner verächtlichen, höhnischen, ehrfurchtsvollen Blicke auf mich — sein Weib, gesehen! oder eine Kniebeugung vor mir! Da wieder nach lange kam mein guter Armand eines Abends zu mir und sprach: „Nimm deinen Mantel und komm!"

Ich gehorchte. Wir stiegen zu Pferde. Wir ritten im klarsten Mondschein über Feld und Wiesen, weiter und weit bis zu einer Hütte. „Steige ab," sprach er, „und gehe hinein!" Er blieb zu Pferde und nahm den Zügel des meinen.

Ich gehorche und trete in das Haus, in das kleine Zimmer. Ich bekenne mich nicht darin… ich weiß nicht, was da am Fenster im Mondlicht so Sonderbares, Weißes steht oder liegt. Ich trete näher… . es ist ein kleiner Sarg! Mir schlagen die Adern am Halse, das Herz will mir zerspringen. Ich sehe ein Kind! Hilf Himmel! gewiß nur mein Kind! — Ich habe seinen Namen nicht gehört — ich kann es nicht nennen, nicht rufen; ich beuge mich über… . meine Thränen stürzen auf sein blasses Gesichtchen, ich ruhe mit den Lippen auf seinen zugedrückten Augen, auf seinem kaum zu merkenden Munde. So bleibe ich lange. Endlich knie ich bei ihm, um nicht hinzusinken. Ich rede lange tausend zärtliche Worte mit ihm, indem ich es bei den Händchen fasse, ihm die Härchen streichle. Das Mutterherz, die Mutterliebe und die Mutterfreude will alle tausend süßen Worte und Schmeichelnden nachholen, alle auf einmal ausschütten, nachrufen in die verschwiegene und doch sichtbare Tiefe des Todes, worauf auch das todte Kind, wie eine Wasserblume auf dem Spiegel des Wassers schwamm. Aber alle Worte versagen mir! Ich ersticke bald. Ich weine mich aus. Endlich zum Abschied fühle ich das weiße Kleidchen des Kindes an — o mein Gott! wie grob ist die Leinewand! Keine Blume im Sarge! Keine Todtenkrone! Keine Andeutung einer Krone! Noch ein Abschied, ich reiße mich los — ich höre vom Bett ein weibliches Wchn nur leise mir nachseufzen — die arme Pflegemutter! Noch ein Blick über die im Mondschein blühende Erscheinung des mein gewesenen Engels, und ich stürze hinaus. Ich kann das Pferd nicht besteigen. Mein Bruder reitet voraus, mein Pferd führend. Ich wanke hinterdrein. Er sieht sich um. ob ich folge. Meine Füße gingen ohne mein Wissen und Willen mechanisch. Ich stehe und frage: War es ein Mädchen? oder ein Knäbchen? Nicht das einmal weiß ich.

Es war!" spricht Armand, und schweigend gelangen wir heim.

Mein Schmerz war nun voll Recht und Gerechtigkeit der Natur, und er stärkte mich, er gab mir auch Kraft für meine andere Lage, meinen Stand, mein Leben in der Welt. Denn war ich auch in dem sonderbarsten Verhältniß eines Weibes gewesen, war auch nicht Alles für unbilligeMenschen ganz tadellos — jetzt war ich gerechtfertigt, gereinigt, ich möchte sagen: verklärt! Ich war nun das wirklich, was ich mir selber nur so wie im Traume geschienen! Der schöne Traum meines reizenden Schicksals war der helle Tag geworden — die wahre Sonne schien darein vom Himmel und sah meine wahren Toränen, dieMutterthränen, die Weibesthränen! Ich glaubte nun an mein Schicksal! Die Wahrheit meines Glaubens war süßer und mächtiger, als das Schicksal bitter und haltlos. Mit der sichern Bemächtigung der Gegenwart hatte ich auch eine Zukunft! Hoffnung! Drang, mich zu regen! ein hülfreiches Weib zu sein! War Dschem befreit, so war Alles gut, reizend, bezaubernd! Und nun lernt' ich wieder träumen! Die Hoffnung allein ist kein Traum, das Hoffen ist kein Träumen — sie lehrt es nur. Ich war fest entschlossen, Alles, alles Mögliche zu Dschems Befreiung zu thun. Denn was war noch zu wagen? zu verlieren? Es geschehen ungeheure Dinge, die tollkühn erscheinen, und von Seiten des Unternehmers und

Ausführers doch kein Wagniß sind, denn der Elende wagt nichts mehr, als sein Elend! Höchstens blieb dem Gefangenen die Qual. . und mir seine und meine! „Sicherheit. Vorsicht!“ war nur mein Merkwort.

Nun also gesinnt, entteckte ich, daß Dschelalbeg sich nur krank gestellt, oder richtig zu sagen: nicht genesen, da er schon lange gesund war, und über Nacht, mit brennenden Mitteln, die über Tage heilenden Mittel des Arztes zu Schanden machte, In solcher langen Zeit, mit solchem Eifer für meine künftige Bestimmung, hatte ich mich der türkischen Sprache bemächtigt. Ich verstand einen heimlichen Boten aus dem Thurm, als er sich mit Dschelalbeg besprach. Sie weinten beide.

„Was ist geschehen?“ fragte ich erschrocken.

„Eben wieder nichts!“ antwortete Dschelalbeg. „ Aber der Bote gab mir einen Brief von meinem Dschem und sprach: „Das neue Unglück betrifft nicht den Sultan, ach, den armen Saadi!“ Durch den berühmten Namen besann ich mich auf den Dichter. der von Dschem weggegangen war, weil er Gefangenschaft nicht zu ertragen vermöge, auch aus Freundschaft nicht so lange. Er hatte die längste Zeit sich bei uns aufgehalten, bis er Gelegenheit fände in's Morgenland, in seine Heimath! O. wie haßte ich damals den Mann, oder achtete ihn doch nicht; so schön, so weise, so liebreich er war, so nachsinnend und betrübt er auch schien. Ach, nun hörte ich: Dschems geschlagenes Heer und seine Janitscharen waren nun mit den andern des Sultans Bajesid vermischt, wie Sauerteig — sie erwarteten Dschem. An diese und die Vornehmsten des Reiches war der edle Freund, der Dichter Saadi gegangen — aber seine Fahrt war schon verrathen gewesen! Ich dachte an meinen Bruder Roland! In Aidin hatten sie den armen Saadi ergriffen, er hatte die Wahrheit gesagt, warum er gekommen, und Dschems Bruder Bajesid, so hoch er die Dichter ehrte, so viele tausend Zechinen er vielen, er Allen. die er kannte, jährlich gab — er hatte den Saadi auf eine jähe Felsstirn führen, ihm einen schweren Stein an den Hals binden — und im Meer ersäufen lassen!

Darum weinten sie um den heiligen Mann, und ich weinte mit ihnen.

Und nun sollte Ich nichts thun? — Die Männer sagen: die Weiber können Alles ertragen: Schmach, Elend, Knechtschaft! Eine schändliche Lüge! — Nichts können sie dulden!

Die Diener hörten meine Vorschläge traurig an, voll Ehrfurcht; dann voll Theilnahme. Endlich wagten sie mitzusprechen, zu meinen, zu rathen. Wir wurden Eins. Sie besorgten gute Pferde, eine seidene Strickleiter, so lang als der Thurm hoch war — und sie wußten die Höhe, auf die Palme, — Der Bote nahm eine Schnur mit; bittende, glühende Worte von mir; Nacht und Stunde waren bestimmt — da überraschte mich mein Bruder bei meiner Zurüstung zum Abschied auf immer. Er errieth. Aber es war Armand, mein guter Bruder! und er warf sich zu meinem Ritter auf! Er kam mit uns! — Die Nacht der That war finster. Selber den Thurm sahen wir nur wie einen schwarzen Drachen, hoch aufgebäumt vor Regen und Sturm, und nur zwei feurige Augen hatte der gekrönte Kopf — die hellen Fenster der Wächter. Dunkel und Nacht verbarg mir das Schreckliche! Ich durft' es nicht sehen! Ich hörte nur leise an der Mauer hinauf die seidene Leiter gleiten, die Dschem an den Kragsteinen der Thurmkrone befestigte; ich sah ihn nicht den schwindelerregenden, schwankenden Weg in die Tiefe steigen! Ich betete inbrünstig zu seinen und meinen Heiligen und Propheten, zu seinem und meinem Gott. Da tappte eine Hand nach mir — ich ergriff sie! — ich fühlte die Ringe an ihr — es war Dschem! Er war da! Er war frei! Er war mein! Er war Herr! — O dieser Augenblick! Theure Seele! Sagt, was Ihr wollt, das höchste Entzücken, wie nie ein Ruhiger, immer Glücklicher fühlt an seinem Heerde, das begegnet der Mensch nur auf ungemeiner, verwüsteter Bahn! auf den Zugängen, ja auf den Abwegen des Lebens! Wie tausendfach glücklich war Ich! — einen Augenblick! Wir eilen zu den bereiten Rossen. Da vertritt uns mein böser Bruder den Weg. Dschem, mit empörter Riesenstärke kämpft die Gesellen zu Boden. Mein Bruder Roland kämpft gegen meinen Bruder Armand, ohne daß Beide sich kennen. Armand fällt mit einem Schrei der Wuth und der Verzweiflung. Da erkennt ihn Roland. Dschem erkennt Roland, der nur noch allein sein Gegner ist. Schlägt er ihn nieder, so wehrt ihm Niemand. Aber Dschem hört: Armand ist gefallen, und er will mir den andern Bruder nicht tödten! So steht er und zögert. Da ergreift ihn Roland und hält ihn rückwärts. Hülfe kommt aus dem Thurm! Geschrei! Fackeln! Und in ihrem Glanze verschwindet mir Dschem! Und erst als Roland den Gefangenen wieder in Sicherheit gebracht, kam er nach seinem Bruder zu sehn, bei dem ich an der Erde im Finstern saß und seine Hand in meinen! hielt, Beide sprachen kein Wort zu einander.

Armand ward in den Thurm getragen. Ich hab' ihn nicht wiedergesehn. Roland blieb bei mir stehen und sprach: „Du lebst neben dem Leben! Da sind nichts als Abwege! Abgründe! Entscheide Dich jetzt auf der Stelle! Ich ziehe nach Rhodus zum Meister in gebeimen Dingen. Noch weiß kein Mensch, daß Du ein Weib bist, und wessen Weib. Heirathe den Herzog von Savoyen. der in dich entbrannt ist, du weißt es, und dich begehrt; du kennst ihn, und du machst alles gut. Deine Ehe gilt nichts. Eine Frau, die einen Mann hat, der zwei Weiber hat, und noch zwei dazu nehmen kann, und Sklavinnen ohne Zahl, ein solches Weib hat keinen Mann! Ihr Zustand ist keine Ehe! Der heilige Vater löst unserem Meister zu Liebe sie auf, du Unchristin! Und beharrst du darauf, sein Weib zu sein, so kommst du mit mir in ein Kloster nach Rom! Du bist reisefertig — ich bin reisefertig; du hast Abschied genommen vom Vaterhause — sieh dir noch einmal zum Abschied diesen Thurm an! Du wirst keinen Andern nehmen! Ich kenne dich! Komm! Das Schiff geht bei Anbruch des Tages."

Ich war in seiner Gewalt. Ich hatte alle meine reiche Habe wohlverwahrt bei mir. Ich empfand einen Schauder vor Rom, und zum erstenmal vor dem sonst mir immer so gewöhnlich heiligen Vater, dem Papst — daß er meine Gefühle alle mir aus dem Herzen reißen könne! der Natur zum Hohn, oder zur Gewalt, meine Ehe auflösen, meine Ehre zerhauchen und sagen: Du bist keines Mannes Weib Da fiel mir mein Kind ein — göttliche Gewalt ergriff mich und hielt mich, himmlische Sicherheit füllte mein Herz, Ich lachte laut! — „Ihr Unchristen", rief ich mit weinendem Zorn, „ihr schrecklichen Ritter, deren Schwur es ist: unversöhnlich euren erwählten Feind zu verfolgen, wenn Euch Gott nicht vertilgt, so können getrost die Verdammten aus der Hölle heraufsteigen und die Erde im Segen bewohnen! — Er schlug mich. Er riß mich ein Stück an den Haaren fort. Merke wohl: ich ergab mich nicht! So bin ich hier! Im Kloster! In Rom! und wehe, wehe! bald ist das Jahr schon um!

Mustapha der Barbier

— Ein wunderbarer Mann, ein göttlicher Mann, wer sein Vaterland liebt!
Aber wie liebt ein Jeder sein Vaterland am sichersten? — Durch ein reines
sittliches Leben! Die Vaterlandsliebe ist jedoch etwa nicht nur der Lebens-
balsam der Völker, sie ist das Palladium auch der Fürsten. Denn das armselige Volk eines verkümmerten Bienenstockes wird auf einen Andern gejagt,
nimmt seine Stimme an und der Weisel kommt um. Darum, wer auch sein
Vaterland viel geliebt hat, dem wird viel vergeben," —

Aus der „Eroberung von
Konstantinopel"
von Leopold Schefer.

Unsere arme Freundin hatte kaum ihre Papiere und Geschenke dem treuen Mauren zu sichrer
Bestellung in die Hände gegeben, als ein Gesurr und Gesumm sich erhob, wie Waldrauschen.
Es wuchs, es schwoll, aber es ward dadurch nur dumpfer, besorglicher. Einzelne lautere Stimmen durchriefen es hörbar zwar, aber nicht verständlich. Nun kam das dumpfe Getrampel vieler
laufenden Menschen Männer, Weiber und Kinder dazu, der Hufschlag von Pferden, das Rollen
von Wagen. Das Herz der unkundigen Hörer war beklemmt, sie standen, hielten den Athem
an, sahen sich in die Augen, gaben sich leise Zeichen mit den erhobenen Fingein, wann auf
dem Sprunge mit fortzueilen; denn unverkennbar war etwas Wichtiges vor. etwas Großes, etwas sehr mächtiges Neues. Aber nichts Schreckliches. Die Stimme des aufgestandenen Volkes
war heiter, nur hastig. Einige Vorübereilende trugen zwar erschrockene Gesichter und schrieen:
„Die Türken sind da! Die Türken! Die Türken! Sie sind gleich da!" — Andere fragten lächer-
licherweise: „Dieselben Türken, die wir an der Stadtmauer bei der Peterskirche in Stücken ge-
hauen?+++ldquo; — „Kinder, seid nicht Narren!" — rief ein großer dicker lachender Mann, der
sich an den Weg gestellt hatte — „der Sultan ist da! der Sultan selber, und hält seinen Einzug
in Galla! in Fiocchi! in Frieden und Freuden!" Dasselbe schrie er immerfort wie ein Ausrufer,
zur Beruhigung, oder zur Eil; denn wie ein Wegweiser hielt er seinen Arm immer ausgestreckt,
und deutete stromabwärts nach Abend.

Dagegen kam Einer, der aus Eil mit der Rechten in den linken Aermel seines Rockes gefahren war. und unterwegs die Flittige des Rockes über die Achsel geworfen und einen Pantoffel
verloren hatte, und schrie: „Nein! sie bringen den Sultan gefangen! Sie bringen den gefangenen Sultan!" den gefangenen Sultan!" wiederholte sich Philippine von Sassenage, erschrak und
furchte und ahnte, und faßte doch nicht die Möglichkeit und die Wahrheit, als ein Freund des
schreienden Wegweisers zu ihm trat und ihn bat: „Komm mit, über die Tiber! Hier geht ja
der Zug nicht vorbei!"

„Wie so?" fragte der gutmüthige Wegweiser.

„Sieh. Du weißt doch, unser heiliger Vater der Papst, der achte Unschuldige oder Unschäd-
liche — Innocenz — hat doch einen Sohn! Nun gut! Und dieser Sohn ist der Graf Cibo, der
Frau und Kinder hat, so daß der heilige Vater auch Großvater ist und Schwiegervater und eine
Schwiegertochter und Enkel hat. Nun gut! Der Sohn des Papstes hat ein Schloß! Nun gut!
und auf dem Schlosse des Cibo war der gefangene Sultan, den die Rhodiser Ritter dem Papste
verkauft haben; nun gut! und von dem Schlosse bringen sie ihn heut, und so eben hier in die
Stadt, in den Vatican, und recht mit Fleiß soll er ganz Rom zur Schau durchziehen, denn ohne
Gepränge ist nichts bei uns! Nun gut! Und nun nehmen wir einen Kahn und fahren hinüber
an die Straße, wo sie kommen! Komm, Dicker!"

Während dieser Worte und seines Stillstandes hatte er sich seinen Rock ordentlich angezogen,
warf aber den andern Pantoffel noch auch in die Tiber, denn er sah ein paar Schuhe dastehen,
die er unbedenklich mitgehen hieß und rasch anzog. Ein Matrose hatte sie da nicht geachtet,
weil sie inwendig voll Pech waren.

„Nun gut!“ sprach jetzt der dicke Mann, „komm’ hinüber! Es ist ja richtig! Jetzt besinne ich mich. Macrino! Du wohnst ja in Einem Palaste mit dem türkischen Gesandten, dem Kämmerer des Sultan Bajesid! Nur etwas hoch über ihm in den Dachkammern. Rom wimmelt einmal von Gesandten, als wären hier alle Reiche der Herrlichkeit zu holen, und die ewige Seligkeit dazu. Narren müssen sein! Wovon lebten wir sonst?

Macrino del Castagno aber versetzte: „Ich habe schon manches schöne Stück Geld von dem Gesandten, dem türkischen Rindvieh Mustapha verdient, besonders durch seinen Barbier, der auch Mustapha heißt, und sich nur hat zum Türken machen lassen, um den Türken Eins zu versetzen, und seinem Volke, den Griechen, zu helfen. Das ist ein Kerl! der Mustapha! Klug wie der Teufel! Ich bin überzeugt: er barbierte allen Türken den Kopf weg, wenn es ihm jemand bezahlte, denn umsonst thut er nichts; was er von selber will, das müssen ihm Andere noch tüchtig bezahlen! So wird man reich!“

So sprach Macrino vertraulich zu seinem dicken Freunde, ohne zu ahnen, daß er selber bald würde auf der Folter sterben, weil er den Papst sowohl als den Prinzen Dschem vergiften wollen — um reich zu werden. Beide Freunde gingen an das Ufer, um in dem Kahne an das jenseitige Ufer der Tiber, an die Straße zu fahren.

Das arme Weib des armen Dschem stand in höchster Bestürzung, die einen freudigen Kern hatte, denn ihr Gemahl war doch aus den Händen der unversöhnlichen Türkenfeinde erlöst; er befand sich ja nun in den Händen des aller-allerchristlichsten Potentaten auf Erden, in den Händen des Vaters der Christenheit, der ein Herz für alle Leiden aller Menschen haben sollte! Sie weinte vor stillem Entzücken leis, ohne zu ahnen, daß, ihr Dschem nun erst ganz verloren, verrathen, verkauft und ermordet wäre — obgleich sie jeetztzt noch tausend Kummer befiel vor der unsicheren Zukunft und wie alle ihre Noth noch sich lösen werde? Denn enden müsse sie nun, und bald, durch die Heimhülfe des heiligen Vaters! — Schon bei dem ersten Auflauf des Volkes hatten sich ihre Begleiterinnen in das nur wenige Schritte entlegene Kloster zurückgezogen, aus Scheu vor den Menschen, wie vor Gespenstern am Tage, und aus gebotenem Anstand; so neugierig nach aller Welt die Mädchen eben im Kloster sind, und ohne redselige, aller Geschichten volle alte Weiber vergingen, wenn sie die Welt nicht noch hörten mit tauben Ohren, und sähen mit blinden Augen, und empfänden mit todtem, schlafendem, träumendem Herzen. Die andern Schwester-Novizen hatten ihr ängstlich gewinkt: zu kommen! und mit erhobenen Händen nach dem Thurme des Klosters gedeutet, um ihr auszudrücken, daß sie da hinauf gehen würden, um alles recht herrlich zu sehen. Aber da drängte sich grade ein Knäuel Menschen zwischen sie und riß nicht ab — und sie hatte grade das Wort des Macrino verstanden von dem gefangenen Sultan, und war auf der Stelle versteinert, und plötzlich felsenfest entschlossen, nicht wieder in das Kloster zu kehren, und sollte es ihr das Leben kosten, das es ihr ja doch in den öden Mauern kostete. Darauf hatte sie unbemerkt auch von dem weitern Worte Macrino’s Kunde, noch nähere, sichere Kunde gehört: „der gefangene Sultan war ihr armer Dschem!“ Sie hatte zwar vorhin alle ihre Kostbarkeiten, in dem goldenen mit Edelsteinen ausgelegten Kästchen, mit aus dem Kloster genommen, um sie durch den treuen Mauren ihrer Freundin zur Aufbewahrung, auf ungewisse Hoffnung in der Zukunft hin, zu schicken, wenn ihr auch im Kloster die schönen langen Haare abgeschnitten würden, die ihr Dschem so bezaubernd fand, und sie im Sarge lebendig der Welt Valet sagen müßte mit dem Munde, Aber selber das Todtenhemd würde ihr ja doch nur über die liebende, treu fortliebende, junge, bebende, schmachtende Brust geworfen! — Sie war in ihrem Auftrage an den Mauren noch nicht zu Ende gewesen, das Volk hatte sie unterbrochen, und jetzt wußte sie mit Befriedigung, daß sie ihre Schätze noch hatte, die ihr die größten Dienste leisten konnten und sollten! Glücklicherweise hatte sich der Maure in ihrer Nähe gehalten, und wie durch Eingebung, nahm sie mit herzgewinnendem Lächeln, wie zum Scherz, ihm seinen großen weiten braunen See-Mantel ab, was der Freund, befangen von ihren geisterhaft gebietenden, wollenden Augen, ohne sich zu regen, geschehen ließ; sie warf sich ihn um; sie verhüllte den Kopf sorgfältig in die Kapuze; und als die beiden Männer in den Kahn traten, der eben abstoßen wollte, trat sie scheinbar beherzt mit hinein und setzte sich sogleich, das Gesicht des übrigens verhüllten Hauptes noch dazu abkehrend, als ob sie dir Männer gekannt hätten, oder erkennen möchten. Sie sahen aber weiter nichts von ihr, aber das sahen sie auch, daß sie zum Erstaunen schön sei, und stießen sich einander mit den Ellenbogen an.

Da kam jedoch der Zug richtig.

Wie klopfte ihr Herz! wie glänzten ihre Augen! wie belebt war ihr ganzes Wesen! Das Gefühl aller der schweren Sorge um den Mann, den sie so liebte, der sie so liebte, der ihr so lange fern, so lange einsam gewesen, von allen Gefahren umgeben, ja bedroht, von allen Entbehrungen gepeinigt — das alles zog aus ihr fort, denn die Freude des Wiedersehns überwältigte sie und hob sie empor. Ihr geschärfter Blick spähte allein nach ihrem Gemahl! Sie sahe die vordersten Retter nur wie bunte leere Bilder vorüberschweben, hörte die Tritte der Pferde, sie hörte die Worte des Macrino nur wie im Traume, als er mit halber Stimme, und doch hastig zu seinem dicken Freunde sprach: „Sieh, steh! das ist das Gefolge des Sultans, das den Zug eröffnet! Ah, ah! nun kommen die Wachen und Pferde unsers unschuldigen Vater Papstes, und seine auser- lesenen schönen jungen Edel-Pagen! Nun das Gefolge des römischen Adels! — Alle Tausend! nun gar die Eminenzen, die Herren Cardinäle, die Bienenbrut des neuen Papstes, welcher Jelle die rothen Bienen nun werden die Haube auffetzen, daß ein Weisel ausläuft, ein weiser! Aber Respect! Nun kommt unser römischer Adel, alles, was man sehen kann! Heut zu Tage! Aber sieh, sieh! der Rhodiser Ritter im Mantel, worauf das ganze Leiden Jesu gestickt ist, das ist der Bruder des Ordensmeisters d' Aubusson, der Visconte de Monteil — wahrhaftig, der Ordens- meister war schon unter den Cardinälen — der, der sich grade jetzt umsteht! er hat den rothen Cardinalshut und Mantel für den Sultan eingehandelt! Und der da neben dem Rhodiser Ritter reitet, ist der Graf Franceseo Cibo, der Sohn des Papstes! Ei ganz gehorsamster Diener, Herr Groß-Ceremonienmeister Bocciardo!

— er besucht mich manchmal, weil ich eine schöne Frau habe, der Lump! Solche Sticheleien bezahle ich — Macrino — mit der Cortellata! Aber nun siehe, da! jetzt! da kommt der Sultan um die Ecke! Das ist er! Der! —"

Er schwieg jetzt; denn die wahrhaft herrliche Erscheinung Dschems, in von Pracht und Schmuck funkelnden türkischen Kleidern, auf seinem mit reichstem Geschmeide behangenen Schlachtrosse machten ihn stumm. Der Weg führt dicht am Strom dahin, und der Zug beweg- te sich dicht vor ihren Augen vorüber. Sie sahen nur Ihn, und auch Dschem sah zufällig nach der Tiber und in den Kahn. Denn es erscholl bis zu ihm ein erstickter Ausruf seiner schönen Geliebten; sie war vor heißem Verlangen nach ihm aufgestanden, und vor Erschütterung hinge- sunken Der arme Dschem hielt sogar einen Augenblick sein Pferd an, blitzte mit seinen Augen hin; glaubte aber seinen Augen nicht, begriff nicht die Möglichkeit, daß er seine arme entrinne Geliebte hier wiedergesehn senkte sein Antlitz, ja er schloß seine Augen wehmüthig — so zog er vorüber, gedrängt von dem folgenden Zuge, dem Prior von Auvergne und der Schaar der franzö- sischen Ritter, die der edle König von Frankreich ausdrücklich dem Prinzen zu seiner Hut und Leibwache mit nach Rom gegeben hatte. Als auch noch der oberste Kämmerling des Papstes, der Einholer des Sultans, die Prälaten und Cardinäle vorüber gezogen waren, und als letztes Paar der Cardinal Alexander Borgia und Cardinal Julian, die beiden künftig nächst folgenden Päpste. die, als die bittersten Feinde, vor dem Volke hier öffentlich in größter Freundlichkeit neben einander ritten; als Niemand mehr folgte, und diese wunderbare Erscheinung auch wieder vorüber war, da sprang der behende Christoph Macrino del Castagno aus dem Kahne ans Ufer, half seinem dicken Freunde herüber, und beide eilten an dem schönen warmen Märztage auf einem näheren Wege durch Seitengäßchen und Gänge durch Häuser und Kirchen dem Zuge voraus, um den schönen Sultan noch einmal zu sehen.

Sein Weib aber blieb vor Bestürzung der Freude noch sitzen, die Hände vor ihrer Brust ge- faltet, und starrte mit vergehenden Augen in den öde gewordenen Raum. So will eine schöne Mandelkrähe heim in ihr Nest auf den Baum fliegen; sie kommt — aber der Baum ist indes- sen gefällt! er liegt am Boden; und sie schwebt ängstlich in der leeren Luft, an der Stelle, wo seine Krone geprangt und gesäuselt! Aber ihr Geist war indeß thälig gewesen, wie im Traum, Entzücken durchfuhr sie plötzlich, daß sie in dieser Verwirrung so wunderbar frei geworden.

Nun galt es nur fliehen und tief sich verbergen, und alles ihr Glück war wieder möglich, denn Er lebte! Er war da! Sie hatte ihn wiedergesehn! O wie war er noch schön! erst wie schön in seiner lächelnden Wehmuth! Sie mußte, sie mußte ihm nach! Denn auf Erden als Weib war sie fein. Im Himmel dereinst wollte sie allen Engeln gehören, wenn Er nicht auch dort wäre! — Sie gab dem Schiffer ein reichliches Fährgeld, damit er sie bis an die Engelsbrücke fahre. Sie hatte vom Klosterthurme Rom überschaut und wußte: bis dahin war weit! und die verbergende, schützende, rettende Nacht war nahe! So fuhr sie auf der Tiber am Tempel der Vesta vorüber; am Capitol; dann unter der Brücke der Tiberinsel hindurch; dann an den Gärten vorüber, worinnen die Mandelbäume blühten, als ständen in rosige Schleier gekleidete Erdgeister da, und winkten ihr mit den wehenden, säuselnd gehobenen Rosenarmen! Das war nicht Rom, wo sie war, das war ein himmlischer Ort! eine Stadt aus der Sonne! oder dem großen, schönen Abendstern! Der Strom, der sie zauberisch trug auf gewiegelten, sanftgerötheten Wolken, der floß in das Paradies! Und jetzt sah sie die Engelsburg mit dem Engel darüber, und eine Brücke mit zwölf weiß schimmernden Engeln! Da, auf dem Grünen, beiden Orangenbäumen stieg sie aus, stieg auf den freien Raum, da die Schaar des Volkes noch nicht bis hierher gedrungen war. Und als der Zug über die Brücke kam, sahe sie von der Porta San Angelo her einen vornehmen Türken' mit seinem Gefolge ihrem Dschem entgegenreiten.

Dschem hielt.

Der vornehme Türke, ein schöner arabischer Greis, mit weißem Barte, der Gesandte des Sultans von Aegypten, stieg von seinem Pferde, warf sich vor ihrem Dschem nieder, küßte dreimal die Erde, küßte dreimal den Huf seines Rosses, stand dann auf und schloß sich, auf Dschems Befehl, dem Zuge nach dem nun nahen Vatikan an. Das Volk strömte nach. Sie aber ging wieder unter die dichten Orangenbäume und saß und träumte, bis der völlige Abend und die Dämmerung Sicherheit versprach.

„Was in aller Welt kann ich thun? Denn in diesen Abend, in diesen Mantel hat mich die Gewalt der Menschen, meines Bruders, ach, und mein Herz gebracht. Halte auch fest nun, mein Herz! an Dir und an Ihm! Weiter weiß ich keinen Rath! Aus allen Nöthen führt Ein Weg — auch aus dieser Noth! Und auch darin um kommen, ist ein Weg, der Weg hinaus, aus aller Noth! Ein Glück wird er geben, das höchste! oder eine Ruhe! eine unstörbar feste. Ach, ob nur die Todten noch die Lebendigen lieben? Lieben doch selber die Lebendigen noch die Todten. Aber hinweg, ihr letzten Gedanken! ihr äußersten Gefühle! Noch kommen viele vorher! Aber die Liebe ist eine geduldige Weberin! Sie wirkt das gleiche Gespinnst rasch; das verwonene ordnet sie, das zerreißende knüpft sie — Alles mit derselben fleißigen Hand! Alles unter demselben treuen Blick! mit derselben über alles Menschendenken glücklichen Seele!"

So sprach die Einsame, Verlassene, glückliche geliebte Liebende, erhob sich, blickte sich um, und konnte nicht widerstehn nach dem Palast des Vatican zu gehen; denn die vielen hellen Lichter in den Gemächern lockten und zogen sie hin, wie die Sterne den Schiffer in seine Heimath. Und in jenen Zimmern, dort in Jenem, wo Er war, da war sie zu Hause! Sein seidenes Bett, sein Herz war ihre einzige Heimath auf der ganzen Erde.

So kam sie in die Halle; so durch den gewundenen Weg in den obern Hof des Vaticans; so in den Garten. Niemand hielt sie auf. Niemand bemerkte sie nur; so war alles in jener allergrößten Unordnung, aus welcher eine Ordnung hervorgehen soll. Da rief eine Stimme, und eine andere antwortete, während dessen schon ein Vierter einem Dritten antwortete, und ein Fünfter dem Sechsten befahl und Bescheid gab: Wohin die Pferde kommen sollten! Wohin die Gepäcke! Die Leute! Was der Koch kochen sollte! Wo der Koch sei? Wo die Küche? Wo das Wasser zu holen? Wer es holen sollte? und so tausenderlei.

Im Garten war ihr wohl. Hier konnte sie, wenn es Noth that, die Nacht zubringen in einem der schönen Pavillons, oder nur in einer der grünen Lauben, worin ja auch freie Vögel wohnten. Es schien ihr ein Meisterstück, sich, die aus dem Kloster Entflohene, unter die Augen des Pap- stes zu retten, wie eine verfolgte Fliege sich am sichersten auf dem Rücken ihres Feindes verbirgt und ausruht, während er nach ihr umherschlägt. Aus einem dichten, weiß und zart blühenden, zart wie Weinblöthe duftenden Mirtengebüsch konnte sie grade die am hellsten erleuchteten Fenster des Palastes sehen, und das Licht und die Schatten thaten ihr unbeschreiblich wohl.

Zu ihrer wehmüthigen Erinnerung und sehnsüchtigem Reize ging der Mond auf — — Hier nun ging ihr der Mond auf, und Dschems Bitte fiel ihr schwer auf das Herz: „Wenn der Mond aufgeht — gehe Du mir auf." — Sie versank in ihr damaliges, in ihr altes Glück.

Sie wußte nicht, wie lange sie so gesessen und sanft geweint — als sie Tritte hörte deutlich und deutlicher, Tritte eines Nahenden! Sie schärfte ihren Blick; das Herz schlug ihr; sie horchte, sie lauschte. Es kam auf die Gebüsche zu, die sie verbargen! Es war ein Mann!

Ach, es war ein Morgenländer! ein Türke! — kleiner jedoch als Dschem, doch auch prächtig geschmückt — aber er wankte in seinem Gange — aber er war nicht berauscht — denn er weinte bitterlich hinter seinen Händen, die er vor die Augen hielt und kaum den Weg sehen mochte, oder dem es gleichgültig war, wohin er komme! So kam er, so blieb er an dem Feigenbaume stehen, der nahe vor ihr seine starken Aeste ausbreitete. Er ergriff einen Ast desselben, hielt ihn nieder, und aus höchster Bedrängniß quollen kurze Worte aus dem Koran aus Gebeten oder rührende Verse aus Dichtern über seine Lippen. Sie erkannte den Untröstlichen an seiner schönen Stimme — es war Haider! Haider, der Dichter und Siegelbewahrer Dschems, und zu seinem künftigen Großvezier bestimmt; so wie alle seine ihm treugebliebenen oder noch bei ihm gelassenen wenigen Freunde zu hohen Würden des Reiches bestimmt waren, der treue Chatibsade Nassuh, der ehrsüchtige Sinanbeg, der Kämmerer Dschems, und der sanfte Ajasbeg und Dschelalbeg. sein Kämmerer, auch. Denn sie, die vornehmsten Männer der Heimath. mußten dem Gefangenen jetzt in der Fremde die Dienste erweisen, deren er jetzt bedurfte, du ihm nur zu leisten waren, und welche Dschem einst ihnen reichlich und tausendfältig zu lohnen, mit Herz und Wort bereit war. Sie hatte im Auge sie alle wiedergesehen, all, erkannt, wie sie sich jetzt erinnerte, Ihre Augen bewachten jetzt Haider ängstlich, denn er betete nun, lang auf den Boden gestreckt. So lag er. Dann sprang er auf, wie ein Hirsch sich aufschnellt, wand die lange, seidne, gestickte Binde seines Turbans vom Haupte, hielt sie sich hin, starrte sie an, schüttelte sie mit verzweifelter Bewegung, knüpfte das eine Ende derselben, so hoch er reichen konnte, an einen starken Ast des Feigenbaumes, wälzte ein Bruchstück eines Marmorbildes unter den Ast, stellte sich auf den Marmor, wand das untere Ende der Turbanbinde um seinen nackten Hals, knüpfte den Knoten fest, sprach noch einmal: „Dschem! Dschem! Ich bin unschuldig! Unschuldig ist auch Saadi gestorben — Alle, die Dich lieben, kommen elend um, und die Dir am treusten waren — am ersten! Verrath wird immer verrathen — auch ich werde unschuldig im Grabe liegen, denn, auch nur schuldig scheinend, kann ich nicht leben. Gott! und es ist auch schrecklich, was sie gethan durch meine Schuld. — Gott ist barmherzig! Es ist nur Ein Gott, und Mahomet ist sein Prophet!" So sprechend stieß er den Marmorstein mit dem Fuße weg, und schwebte. Der Ast aber beugte sich dann von der Schwere seines Leibes, oder knickte gar noch zu rechter Zeit, und so stand der um den Tod getäuschte Dichter Haider, der Liebling des armen Dschem, mit seinen beiden Füßen auf festem Boden.

Die Verborgene war schon indessen genaht, überrascht wie sie war, stand plötzlich vor Haider, und rief ihn an mit seinem Namen, und rührte ihn an. Er erschrak und wollte entrinnen. Aber das Band hielt ihn fest und riß ihn zurück auf seine Stelle. Er wollte auf die Kniee fallen; die Sultanin hielt ihn schwebend in ihren Armen. Er stand auf. Er verbarg sein Gesicht mit beiden Händen und weinte nun erst recht heftig erschüttert.

Jetzt sprach sie zu ihm, nannte ihn bei seinem Namen, tröstete ihn und sprach ihm Muth zu, während sie ihn löste; und er schlug die Augen auf; die Stimme des Weibes schien ihm bekannt — er erkannte sie und erschrak vor Freuden, neues Leben durchzog ihn, und der Gedanke ermannte sein treues Freundesherz: welche Freude sein Gebieter nun haben würde! welche Freude Er ihm machen könne mit der wiedergefundenen tiefbeklagten Gemahlin. Wo sie gewesen, wie es ihr ergangen, erfuhr er in wenigen Worten von ihr. Was aber ihm geschehen sei, klagte er ihr, als er sich noch mehr erholt hatte. Er sprach: „In Rhodus noch, besucht mich der schlaue Großmeister, der falsche! Denn er sieht bei mir das große Jaspissiegel mit goldenem Heft. Es ist

ihm neu. — Ich drücke es ihm gefällig ab. Er versucht mehrmal; jedesmal auf ein anderes Seidenpapier zu Briefen — und wie ich jetzt sehe, hat er die Blätter mit den hingespielten Siegeln,
die ich nicht beachtet, als unter keiner Schrift, unter keiner Urkunde er hat sie betrügerisch
mitgenommen, und in Dschems Namen nun nach und nach Dinge geschrieben, die den armen
Gefangenen so lange im Kerker erhalten — an die Könige hat also Dschem, ohn' es zu wissen,
geschriebene Er sei nicht gefangen gehalten von den Rhodisern, er harre aus Klugheit, bis sie
sich zu einem Kreuzzuge gegen die Osmanen vereint!... . an seine Mutter nach Aegypten hat
also Dschem geschrieben, daß sie ihm viele Beutel mit Goldstücken sende zur Ausrüstung von
Schiffen. Die Mutter hat ihre auf die Noth gesparten Schätze zu Golde gemacht und es dem
Sohne mit Freuden geschickt, sein Weib, seine Hebetulla, hat ihre Kleinode zu Golde gemacht,
und es dem Manne mit Freuden geschickt, selbst sein Knabe, der Oghuschan, hat die erhalte-
nen Geschenke und seinen mit Diamanten besetzten Säbel und die werthvollen Kinderwaffen
dazu gegeben, und das Gold dem Vater geschickt — der Vater aber, der es behalten hat, ist der
hochchristliche Großmeister der christlichen Ritter von Rhodus gewesen! — Das ist heut an
den Tag gekommen, als der alte ehrwürdige Jusuf, der Gesandte des Sultans Kitbai dem Dschem
endlich ächte Briefe von seiner Mutter gebracht, worin von dem Golde geschrieben stand, und
ein solcher falscher Brief, angeblich von Dschem geschrieben, und mit dem Siegel, das Ich be-
wahre, gesiegelt, lag in der Mutter Briefe! — Nun war Ich, Ich ein erkaufter Verräther! Ich ein
Verräther! da doch der Prophet gesagt: „Den Unglücklichen sollst Du nicht verrathen! noch
den Glücklichen! noch irgend eine Schandthat! Edle Werke aber halte nicht geheim, sei der
verkündigende Engel jedes guten Menschenwerkes!" Und Ich ein Verräther! Und o Gram! o
bitterster Vorwurf — der sanfte! Die edle Vergebung! Denn der edle Dschem sahe aus Schaam
mich nicht an, er stand ruhig ergeben, auch in dieses Geschick. Er wollte seufzen, aber aus Schonung für mich, preßte er seine Lippen nur leise zusammen. Auch lächelte er nicht — aber ohne
daß er es wußte, rannen ihm zwei Thränen aus den sanftbedeckten Augen, Und ach, ich war
Schuld, ich war Schuld, daß die Bösewichter so lange meinen Herrn, meinen Freund, meinen
Wohlthäter gefangen zu halten vermocht.

O Frankenland! O Christen! O Ritter! O leichtgläubige Herrn der Christenheil! Darum kam
ich hierher — — — meine Last abzuwerfen, die unausstehliche Pein! — Du hast mich errettet!
Wir sind errettet! Denn nun sind wir in die heilige Hand des höchsten, des einzigen Mufti der
Christen gekommen. Der, der wird doch barmherzig sein, und an dem Sohne, an Dschem, nicht
rächen des Vaters, Mahomet's, unchristliches Verbrechern: Constantinopel zu erobern! Ach, der
alte enthauptete Großwesir Chalil hat es dem Mahomet schon gesagt: Constantinopels Fall wird
sein Unglück sein, oder seiner Kinder, aller seiner Kinder, des Volks der Osmanen! Jetzt aber
bin ich glücklich, Dir helfen zu kennen — wir gehen zu Jusuf, in die sichere Wohnung des
Gesandten des Sullaus Kitbai! Für heut weiß ich nur diesen Rath. Und bis Morgen langt ein
guter Rath, wie das Sprüchwort sagt."

Der arglose Dichter Haider, der das Reichssiegel so kinderhaft bewahrt hatte, bat die Sultanin, bis zu dem Springbrunnen heimlich vorauszugehen, während er im Vatican sich einen
Pagen rufe, der sie beide nach dem Palast des Gesandten Jusuf führe.

Das geschahe. Und auf dem Wege dahin erfuhr sie. wie ihr Dschem erlöst worden sei aus
der Hand der Ritter — durch Verkauf an den Papst, für einen rothen Hut an den Großmeister, und viele Erlassungen von Bußen an die Ritter und unmöglich gewordenen Pflichten an
den Orden. Der edle König von Frankreich hatte sie erlöst, weil er durch den jungen schönen
Herzog gewußt: Dschem sei gefangen.

Aber als sich nun der Papst und der König von Neapel um den Besitz des Prinzen gestritten,
da sei Krieg zwischen ihnen entstanden; und so habe die Erlösung so lange noch bis zu dem
Frieden gedauert — im Ganzen nun schon 10 Jahr, denn der arme Dschem sei mit Kummer
und Noth schon 32 Jahr geworden — blos, damit die Ritter so lange so vieles Bewahrgeld
erhielten. Nun sei es verloren für sie. und auch das durch Betrug Erschlichene würden sie wieder
herausgeben müssen — aber wer giebt die Jahre wieder? Wer giebt dem Erlösten, dem Freien,

seine in der Gefangenschaft verlorene Freiheit wieder, daß er sein Leben, statt des Trittes in den Kerker, nun anders lebe!

Sie gelangten vor die Porta San Angelo nach der Gegend des schönen Monte Mario zu, in die allein stehende, mit Garten und Mauer umgebene herrliche Villa des ägyptischen alten weisen Arabers Jusuf. Der Page ward beschenkt und zurückgeschickt, Haider führte die Gemahlin seines Herrn in den Nonnenkleidern, wie in Trauerkleidern, zu ihm ein. Sie blieb stehen. Haider sagte die nöthigen Worte dem redlichen Manne, ohne Groll gegen ihn, der an seinem Leiden ja ganz unschuldig gewesen, nur ein Bote, ein hülfreicher Mann.

Da änderte sich plötzlich ihr Schicksal. Der alte Mann siel auf ein Knie vor ihr nieder und nannte sie Gebieterin, mächtige Frau, Sultanin Walide, und bat sie mit Eifer um ihre Gunst. Verschleiert, wie sie war, mußte sie den Ehrenplatz auf dem prachtvollen Divan einnehmen, während er ehrerbietig fern von ihr stehen blieb. Es fiel ihm ein, und er sagte ihr froh, daß er ihr reiche Geschenke von der Mutter des Dschem aus Aegypten mitbringe, welcher er seine Vermählung geschrieben und sie um ihren Segen gebeten. Er setzte leiser hinzu, daß er ihr auch kostbare Kleider und Schleier und Tücher bringe von der armen Sultanin Hebetulla, welcher er auf dem Sterbebette verprechen müssen, ihres Gemahles nun einziges Weib, seine einzige Freude und Trösterin in der falschen Fremde, zu grüßen und sie zu bitten, ihren Dschem auch nun doppelt zu lieben, für sich und für sie, „Denn,“ sprach er fast mit Thränen, „das arme, gepeinigte Weib des armen Dschem ist gestorben! sie ist begraben, und Dschem wird sie nicht wiedersehen; denn ihr Leid war zu groß! zu schwer! zu lange schwer! Selbst ein Kameel wird alle Abend abgeladen; aber mit der Nacht kam erst recht ihr Leid zu ihr, wie der Alp, sie zu drücken. Und mit dem gegenwärtigen Manne sind die Weiber nicht immer zufrieden; nicht alles thut er ihnen recht, oft nur weniges; und was die Frau ihn auch sieht leiden, das ist ja vor Augen, sie sieht es, sie weiß, wie sie helfen kann und so hilft sie, und in der Hülfe, der Sorge erleichtert sich ihr das Herz! Aber selbst eine gute alte betagte Frau, deren alter Mann in die Fremde gereiset ist, vergeht fast vor Anhänglichkeit, wenn er in gefahrvollen Ländern so lange weilt, Ist der Mann jünger als sie, dann kommt noch kindische Mutterliebe zu ihrem gerechten und lobenswerthen Kummer! Ist die Frau aber jung und schön und geliebt, und der Mann jung und schön und geliebt — und gefangen, gefangen in der Fremde und von Gefahren bedroht, die so arg und so vielfach und so zahlreich sind, wie seine vielen mächtigen schlechten Feinde — dann muß das arme junge Weib vor den Schreckbildern allen vergehen, verschmachten, zerfließen in Thränen, und das Herz muß Staub werden im Grabe! Denn, wenn sie es auch nicht weiß, nicht ahnet, nicht denkt, nicht über die Lippe bringt, so fordert ihre Seele, ja selber ihr Leib doch das menschliche Leben, die Erfüllung der schönen Jahre; die Berechtigung zum Leben schweiget nie, nie ganz; sie stimmt, sie verstimmt die Seele, sie verstimmt, sie verglimmt den Leib, sie schimmert doch sichtbar durch als ihre Bläffe, als ihr sehnender Blick; sie redet selber durch ihr heimliches Schweigen — bis sie sich zu Tode schweigt. O ihr Franken! ihr Christen! wenn ihr sie gesehen hättet! So mordet man mittelbar durch schlechte Thaten bis in die heimlichste Ferne! Und nun bewundere den Muth und die innere Kraft einer Mutter — der Mutter Dschems! Sie selber liegt an schwerer Krankheit schon lange darnieder, — Da stirbt Hebetulla, sein Weib — siehe, da steht sie auf. gefaßt, schwach an Leibe, an der Seele stark, und spricht: „„Nun muß ich gesund sein! Nun muß ich leben für seine Tochter, und für den Sohn, Einen Abwesenden in der Fremde zu kränken, ist die äußerste Härte! Das fühlen ja wir! — Wir müssen ihm Freude machen, den Muth erhalten, und darum selbst Muth haben, so schwer es uns wird.“ “ — Und so ward sie gesund.“

Da sprach unsre Freundin zu dem guten Alten: „Du hast ein freundliches Wort gesagt, und ich dächte, uns eine Lehre gegeben: Verschweige dem armen Dschem den Tod seiner Frau! der lieben Hebetulla, die mir unbekannterweise gestorben ist. Dann lebt sie ihm fort! Und er bleibt heiterer als wohl sonst. O, ich liebe sie so! Ich liebe Alle, die Ihn lieben! Seinetwegen; ach. weil Ich ihn liebe! Daß noch Eine, noch Zwei, noch Viele den Mann auch lieben, mit uns ihn lieben, ja so sehr wie wir, das, fühle ich heut, das ist ja kein Grund zur Eifersucht. Verzeihe der Abendländerin dies Wort!“

Aber sie schwieg und frug sich selbst: „Doch ist ***das* kein Grund zur Eifersucht, daß der Geliebte noch eine Andere liebt als uns, so liebt, wie uns? Und können die Männer, oder nur die Morgenländer, anders lieben als die Frauen? Heißer, stärker? — Lieben sie zwar immer mit derselben einen Gluth des Herzens, aber nur jetzt Abends Diese? dann Morgens Jene? weil, so viel ein Mann dort auch Frauen hat, und Vier sind genug, doch jede in besonderer Wohnung lebt, und weil er nur jekt Diese, dann Iene sieht mit ihren Kindern, und alle seine Frauen nie zusammen, wenn auch die Kinder, Ist das Herz, ist die Liebe eine Fackel, mit welcher man auch sich ein Marmorbild nach dem andern beleuchtet, und von deren Glanze ein jedes schöne Gebild ganz belle wird? Oder ist die Eifersucht der Morgenländerinnen ganz eine andere, und überhaupt nur auf das Lieben, das dem Manne Liebsein und Liebbleiben gerichtet? Das weiß Gott!" — Sie dachte wider Willen einen Augenblick an das strenge Wort ihres bösen Bruders, der ihr gesagt: die Frau hat keinen wahren Mann, der noch eine zweite Frau hat. Aber ihr Herz strafte wieder das Wort Lüge, denn nun wollte sie ja mit aufrichtigster Gesinnung, daß ihr einziger Mann, der arme Dschem, seine andere Frau behalten, sie als eine Lebendige fortlieben, sich nach ihr sehnen sollte, da sie ihm verschweigen wollte „sie ist gestorben." —

Sie hatte nicht gemerkt, daß der alte Jusuf sich indessen leise entfernt hatte. Da sahe sie ihn, mit den Geschenken von Hebetulla an sie, wiederkommen. Er legte sie vor ihr nieder. Sie hob sie in die Höhe, sie bewunderte die saubere, fast unnachahmliche Stickerei der Gewande und Tücher immer aufs Neue, und immer wieder den Sinn der Gaben: die Liebe des Weibes zu ihr, dem Weibe ihres Gemahls, Und sie seufzete und bedeckte sich die Augen mit einer Hand. Und was ihr die Welt noch seliger machte, und die Liebe noch süßer und süß geheimnißvoll, das waren nun gar die Geschenke von Dschems junger Tochter! von der schönen Mirimah; und sie wußte nicht, was sagen, wie sich bedanken für solches Vertrauens angethane Ehre; wie hoch und wie herrlich die Tochter sie durch dieselben gestellt, wirklich aus Herzensgrunde gestellt, nicht das zweite Weib ihres Vaters sich nur so vorgestellt!

Sie belachte wieder den Bruder, jetzt noch viel edler und liebender, zumeist aber doch aus Verdruß über ihn. —

„Es giebt zwar viele Gründe," sprach der würdige Greis, „warum ich so weit hierher gereiset bin. Wir Aegypter sind Feinde der Türken, die uns zu verschlingen drohen; darum brauchen wir Feinde der Türken, die immer bereiten Christen, als Bundesgenossen; und sie wollen besonders jetzt dem Sultan Dschem helfen. Aber vorzüglich komme ich im Namen meines Sultan und Effendum Kitbai, um für ihn um das liebe Kind, die liebe, noch herzlich junge Tochter Dschems anzuhalten. Der Sultan will sie zum Weibe; diese Bitte sollen die stummen Gaben desselben an Dich als Fürbittenn ausdrücken. Hier sind sie nun! Und hier bist Du nun! Aber so hart würde ich nicht sein dem Sultan Dschem den Tod seines Weibes zu verschweigen! Hat sie sich nicht mehr durch alle ihr Leid verdient, als daß Er doch ihre Liebe — also ihren Tod erfahre? Sei nicht grausam! Gönne ihr das!"

Er bat so weich, er weinte; sie mußte weinen, und sprach dann leise: „So gehe zu unserem Dschem, und sage ihm: Ich lebe! Ich bin da! Mich verlangt nach ihm! Gicb ihm nur diesen Ring!"

Der Greis lächelte. Aber er schickte sich an, auf der Stelle ihren Befehl zu vollziehen. „Ich weiß schon, wie es kommen wird!" sprach er, und bat sie, in seinem Harem sich ankleiden zu lassen. Denn eben als ein ehrlicher Mann hatte er ohne denselben so lange nicht in der lieblosen Fremde sein mögen; und so weise er war, war er ein Rechtgläubiger geblieben, und hatte nach dem Verlust seiner früheren Weiber durch die Pest sich, vor nicht langer Zeit, wie der alte Kö-nig David, noch ein junges Weib genommen, ohne als ein rechter Mensch von der Würde des Alters durchdrungen zu werden, und ohne dem heiligen Gesetz der Natur und dem Verlaufe des menschlichen Lebens nachzugeben, und nun blos als Vater für seine Kinder dazusein, und nun andern jungen gleichaltrigen Männern das junge Geschlecht der schönen Jungfrauen zu überlassen, damit Beide gleich glücklich würden, Beide das Leben von der schönen Jugend begönnen, und Beide wandelnd und Beide verwandelt zum gnügevollen, ruhigen Alter hinanlebten. Er jedoch hatte an die Welt die menschliche Entschuldigung für die Entziehung eines reizenden

Geschöpfes — welches nun seinen wahren Herrn und wahrhaft beglückten Besitzer nicht fand — daß ihm der Tod den Naturverlauf seines Lebens gestört hatte, und die Entschuldigung durch die Sitte seines Volkes, ja durch sein geheiligtes Gesetz, so daß seine Seele vollkommen ruhig und froh war.

Unsere Freundin bewunderte das. Sie mußte die eben mitgetheilten Gedanken empsinden, als sie vom Anblick des guten Alten weg, das reizende junge Wesen, die gleichfalls Rechtgläubige, die frohe Schöne sah, zu der er sie in den Harem eingeführt hatte, Sie mußte aus Bedürfniß die empfangenen lieblich-duftenden, prächtigen Kleider anziehen, und nach der Entpuppung aus der scheinbaren Nonne eine scheinbare Sultanin sein. Denn der Mensch kann auch ein Schein sein, und die ganze Seele nur eine Hoffnung, Und sie war die süßeste Gestalt der Hoffnung, Aber sie blieb nur die Hoffnung. Denn zwar hatte der dienstfertige Gesandte noch jetzt zu Nacht oen Gang in den Vatican gemacht, um im tiefsten Vertrauen die freudige Botschaft zu bringen: Wer da sei; dann auch den betrübten Haider mit seinem Herrn zu versöhnen, dem, durch die Wegnahme des stillen Zornes, oder nur der Betretenheit und der Wehmuth, selbst ein großer Dienst geschah. Er konnte mit Recht zu Haiders Reinigung anführen, daß der Großmeister auch Dschems ächte Briefe bestellen zu lassen doch nicht erlaubt haben würde, und daß seine Gefangenschaft, ohne Siegel und Haider in der Welt, doch um keinen Tag kürzer gedauert, Haider wollte nur also wieder zu dem Gebieter treten, daß Iener ihm nicht einmal die Hand zur Versöhnung oder gar zur Vergebung reiche, sondern daß Beide nur ganz so wieder beisammen waren, als sei Nichts vorgefallen. Er wollte nicht an seine Unbesonnenheit erinnert sein, ja selber sich nicht an den Gang zum Feigenbaume erinnern; darum hatte er mit Willen die kostbare Kopfbinde am Aste hängen gelassen.

Dschem aber hatte geschlafen, noch müde von der langen stürmischen Seereise auf der Galeere des Ordens, von Marseille nach Civita Veeehia; müde von dem so lange ungewohnten Ritt, selbst müde von Freude und müde von Hoffnung, Die sorgfältigen, mit eigenem Berstande gehorsamen und treuen französischen Ritter, unter denen sick auch der Chevalier Armand befand, hatten den Prinzen auch selber vor dem Freunde, vor Jusuf, beschützt und gesagt: Man möge ihm doch seine Ruhe gönnen!

Jusuf war also unverrichteter Sache wieder zu Hause gekommen. Die arme Freundin mußte also ihre Sultaninkleider ausziehen und auf ihr einsames Lager gehen. Das gewöhnlich nur von Sterbenden oder Todten gesagte, ihr zur Befriedigung mitgetheilte Wort: „Man möge ihm doch seine Ruhe gönnen!" war ihrem mit Recht ängstlichen und besorgten Herzen schwer aufgefallen. Sie war darüber erschrocken. Sie hatte recht geahnt, wenn auch ihre, sogar mit Gedanken alle Gefahr vom Geliebten abwendende Liebe nicht meinte, daß der arme Dschem, nach nicht eben mehr langer Frist, vergiftet in italienischer Erde seine Ruhe sinden sollte.

Haider war über Nacht krank geworden von seiner Angst und Qual. Daher beeilte Jusuf vom andern Morgen an ihren Gang zu Dschem, Zwar hatte der Sohn des Papstes, Graf Cibo, ihm zu verstehen gegebene wenn er seiner Sitte gemäß etwa aus schönen albanischen oder sabinischen Mädchen einen kleinen Harem anlegen wolle, so möge er sich keinen Zwang anthun; denn seinen Vater kümmre nur die Kirche, nicht die da hineingehen, oder gar, die nicht hineingehen, ja nicht hinein gehören; und Jusuf dachte, um desto eher würde man dem Prinzen seine Sitte oder Sitten durch die gnädigen willigen Finger sehen, und er könne wohl Ein Weib, ein türkisch gekleidetes Weib in den Vatican einführen. Aber das Weib war des Sultans Weib, und tausend Gründe riethen ihm nur zum Geheimniß. Seine Gefahr verdoppele sich durch sie, durch ihre; und ihre Gefahr durch ihn, durch seine. — Ein Edelpage des Papstes hatte sich immer ihm sehr gefällig bewiesen, ihm manchen Vortheil verschafft, und um sich dafür bei ihm zu bedanken, hatte er ihm prächtige Pagenkleider machen lassen, jede Tasche voll Goldstücke gefüllt und sie in seinem Hause unter seinen Augen darein zu vernähen befohlen. Das rothe Baret lag auf dem grünseidenen goldgestickten Mantel, der die andern weißatlaßnen buntgeschlitzten Kleider bedeckte. In diesen männlichen Kleidern wollte er seine Beschützte ihrem Gemahl zuführen. Er sandte sie ihr auf das Zimmer; der gute Rath wurde genehmigt, das wenige geändert; und um die gesetzte Stunde trat ein bildschöner Jüngling, hocherröthet zu ihm ein, der sich verschämt in den Mantel wickelte, der die halben Schenkel bedeckte. So gingen sie denn, großgünstig und liebenswürdig. Aber vergebens. — Dschem war im höchsten Staat zur großen Audienz bei dem Papst.

Wie es ihr Schicksal nachher erwies, hätte sie bleiben, seine, obwohl späte Rückkehr erwarten sollen. Aber sie konnte vor Schaan? in den Kleidern nicht dauern. Ihr ward in der Leere des großen, zum Eintritt dienenden Saales immer voller, aus Sehnsucht immer bänger — und sie fing an zu weinen! — Als sie am Strande von Italien, ihrem Kerker, endlich einmal ihrem Bruder Roland zu Füßen gefallen war, da hatte der Griesgram, der leibliche und geistige Hagestolz, beschämt über ihre vermeinte Erniedrigung, und erzürnt über ihr Weinen, als doch nur wegen eines Mannes, ihr die herzzerschneidendsten Worte gesagt. Und Er, und Ieder, der nie die Bezauberung des Liebens und die Seligkeit des Geliebtseins empfunden, und nichts von der Berechtigung und dem Berufe des Weibes zur Liebe und zu Thränen geahnt, wenn er sie jetzt hier wiederum so weinen gesehen — er hätte sagen müssen: „O himmlische Lächerlichkeit der Liebe!

Lächerlich in ihrem kindischen Bangen, lächerlich und albern in ihrem unbegreiflichen Trotz nach zwei ganz besonderen Augen, grade nach diesem Haar dieser Stirn, dieser Nase, diesen Lippen! in ihrem Bestehen darauf, in ihrem unverbrüchlich närrischen Harren, grade von diesen Armen umfangen zu sein! Lächerliche, eitle, überhebende, ja verächtliche Blindheit, kein anderes Schöne der Schönheit-vollen Welt nur zu sehen, geschweige alle ihre Schake für ihren Schatz zu nehmen! Eigenes, wahnsinniges Wesen! Und doch so Schweigen gebietend! So unantastbar, unberührbar — wie heilig? — wie beneidenswerth? —Was, o was fesselt Dich so? und fesselt auch mich so. Dich nur doch anzuschauen? O himmlische Lächerlichkeit der Liebe! Mich hat Gott bewahrt!“ — So hätte er sagen müssen.

Jene aber kehrten mißmuthig, aber noch liebenswürdiger, langsam und immer sich umschauend, aus dem Vatikan in ihre Villa; und als sie sich umgekleidet in türkische Frauenkleider, verbrachte sie die meiste Zeit in dem Garten.

Am Abend war kein Rath, wieder in den Vatican zu gehen, am andern Tage nicht; und den dritten nicht. Denn Dschem hatte aus den Worten des Papstes entnommen, daß er noch, noch immer —und wer wußte, wie lange — ein Gefangener sei! Er hatte, zurückgekehrt, sich eingeschlossen, ließ keinen Mensch zu sich, und nahm kaum Speise und Trank. Der prächtige Einzug war ein Blendwerk für das Morgenland gewesen, das Gefängniß blieb die Wahrheit für Dschem. Sie erfuhren im Hause durch die Begleiter desselben, wie es ergangen. Der Großprior von Auvergne und der Botschafter von Frankreich hatten ihn eingeführt; der Papst hatte ihn in feierlicher Audienz vor feinem christlichen Hofstaat, mit dem versammelten Conststorium der Cardinäle, auf seinem, mit dem großen schönen prangenden Pfauenfedern-Rade geschmückten Throne empfangen. Dschem hatte das fürchterliche Oberhaupt der christlichen Kirche, deren Diener die Könige Europas sein sollten, auf morgenländische Weise höchst ehrerbietig begrüßt. Da erwarb er sich einen tödtlichen Feind, des Papstes Ceremonienmeister, deren Christus keinen gehabt; der Genuese Giorgio Bocciardo hatte von Dschem verlangt, er solle die Kniee beugen, nur Eins! oder doch nur den Kopf entblößen, was für den Morgenländer eine solche Schaam und Schande bedeutete, als wenn das züchtigste Weib im Hemde gehen sollte. Als Bocciardo, auf seine feste kurze Weigerung, ihm nach dem Turban gegriffen, war Dschem mit der Hand nach dem Säbel gefahren; und lächerlich furchtsam hatte der Ceremonienmeister sich geschwind auf den Boden geworfen und geschwind wie ein Kunststückenmacher sich fortgerollt. So war Dschem, mit dem vor Gott selbst nicht entblößten, sondern eben aus Ehrfurcht bedeckten Haupte, ohne sich nur zu verneigen, grade auf den Papst losgeschritten, hatte ihm zuerst die Schultern geküßt und dann allen Cardinälen, hatte sich stolz mit drei Worten dem Schuke derselben empfohlen, und begehrt, mit dem Papste allein zu sprechen. Das war geschehen. Und was dabei vorgefallen, hatte Dschem nachher in seinem Unmuth gesagt. Er hatte die Leiden siebenjähriger Gefangenschaft dem Papst nicht geklagt, sondern geschildert; er hatte ihm Mutter, Weib und Kind in Aegypten geschildert, seine nunmehr — nachdem er alles Andere verloren — gerechte Sehnsucht dahin. Auch, und vielleicht eben über die Verlorene waren seine Thränen geflossen; der heilige Vater, doch auch ein Mensch, wie Andere, hatte redlich mit ihm geweint um doch Etwas zu thun, da er ihm abgeschlagen nach Aegypten zu gehen, weil er dadurch die Besitznahme seines Thrones und Reiches aufgäbe, zu welcher der König von Ungarn seine Erscheinung an der Grenze von Rumili fordere. Und er, der Papst, müsse vor Allem fordern... . wünschen... . rathen... . meinen... . daß der neue Sultan zur christkatholischen Kirche übertrete und sich taufen lasse. Dschem hatte, zu ernst gestimmt, nicht lachen, nicht lächeln gekonnt, aber doch das unwiderlegliche Wort gesagt: „Katholisch werden, heißt mich vom Throne stürzen; mich in den Augen des Volkes zum Abscheu machen und mir mein Todesurtheil untersiegeln. ja verdienen. Denn meinen Glauben an Einen Gott verlasse ich nicht um das ganze Reich, nicht um die Herrschaft über die ganze Welt!" — Innocenz hatte eingelenkt, wie sogar vernünftige Menschen da thun, wo sie nicht ankommen und durchzukommen verzweifeln, und nur dem Feigen, Irren und Schwachen es bieten.

Ueber alles Das war nun Dschem trostlos, statt sich der Kraft, der Weisheit, und seines Herzens zu freuen.

Da war sein treues, verloren gegebenes, aber ihm so ganz nahes Weib in die Einsamkeit des Gartens gegangen und verweilt bis die Sterne heraufgezogen.

Da ging Jusufs Weib nach ihr; sie sahe sie nicht in den Gängen; sie fand sie an keinem Ruheplatz, Sie getraute sich zu rufen; sie horchte mit klopfendem Herzen — sie rief laut. Keine Antwort. Sie erschrak. Sie lief blaß und voll Angst zu Iusuf. Sie mußte in ihren Harem. Er ging mit Haider, bewaffnet wie immer, jetzt zur Vorsicht, zur Abwehr, zur Nothwehr. Es war ihr etwas geschehen! Sie hatte etwas gethan! wenn sie nicht drunten im Garten wo war und noch lebte. Denn im Hause, das eilig durchflogen ward, war sie in ihrem Zimmer nicht, und in keinem. Ja, sie hatte gesagt: „Ich gehe nur in den Garten, dann will ich zur Nacht essen."

Auch die Männer fanden sie nicht. Der Raum war endlich durchforscht überall. Da fanden sie die kleine, sonst festverschlossene Gartenthür nur angelehnt. Sie stießen sie auf. Sie sahen Spuren der Hufschläge von Pferden, denen nicht nachzufliegen war! die nicht mehr einzuholen waren. Und schien sie mit Willen entflohn? — Warum? Sie ersannen auch nicht den kleinsten Grund, Die Ecke der Mauer draußen umgehend, sahen sie stutzend eine kurze, stehen gelassene Leiter angelehnt. Hatten sie Männer geraubt? und Wer? Im Auftrage? oder ihr Bubenstück selbst ausführend? Aber wer kannte sie? oder schon? Oder kam es von einem Raschen, Klugen, der etwas thut, eh' es sich jemand vermuthet? Hatten die Räuber blos ihren am Leibe getragenen Schmuck stehlen wollen, und am bequemsten und kürzesten mit ihrem Leibe? Oder hatten sie den Leib, das schöne Weib gestohlen? Oder grade Dschems Frau, die doch für jeden Andern Lieblose, Feindliche, nur mit roher Gewalt Ueberwindliche, die nur Thränen und Wuth für den Räuber hatte? Oder hatte sich dieser wohl gar nur vergriffen — das fiel dem alten Jusuf in seiner Weisheit, jekt wegen seines Alters und wegen der Jugend und Schönheit seines Weibes ein; und sie war durch ihren Ruf der Schönheit in Rom ja schon Monde lang, den Neugierigen zum Aerger, in ihrer Verborgenheit selber bekannt; ja einige der edelsten Frauen hatten sie auch gesehen. Und galt es ihr — so war sie heimlich treulos, eine Betrügerin, des Todes werth, des Todes im Sacke, mit Katze und Schlange, um bei Katzeund Schlange erst inne zu werden, was eigentlich ein Ehebrecher ist und zu bedeuten hat. Aber sie war ja im Hause. Sie sollte verhört, gemartert mit Worten, eingeschlossen werden, und niemals den Garten, nicht die Schwelle ihres Zimmers betreten.

Was konnte Haider, der Dichter, dazu sagen! Ihn grämte seiner Herrin Verlust. Jetzt mußte er zu seinem Herrn! Jetzt konnte er wissen, daß seine Gemahlin Hebetulla in Aegypten gestorben sei. Jetzt sollte er wissen, daß seine Gemahlin aus Sassenage wiedergefunden, ja daß sie in Rom sei. Und wenn er vor Entzücken weinte, wenn er doch über ihre Treue und Liebe sich satt gefreut die Nacht und den Tag und die Nacht, wenn er heimlich nach ihr kommen wollte dann erst sollte er mit Schonung erfahren: Sie ist auch wieder verloren! Aber, wie alles Werlorene doch an einem gewissen Orte ist, gewiß noch in Rom! —Wenn sie nicht selber bei Dschem war! Wenn er lächelte zu ihrem Verlust.

Denn daß Dschem vielleich doch von ihr erfahren, daß er vielleicht, des tiefsten Geheimnißes wegen, und wegen der künftig größten Sicherheit, selber sein Weib sich geraubt, die man ihm schon und so lange entzogen, das schien dem alten Jusuf, als einem Gesandten, sehr möglich, dessen Stellung immer erfordert, jeden Menschen stets in Verdacht zu haben, um von Keinem betrogen zu werden, vor Jedem gesichert zu sein.

Aber Dschem lächelte nicht.

Bei der ersten Nachricht: „Sie ist in Rom," war er stumm vor Entzücken, sprang auf, um ihr entgegenzueilen; bei der zweiten Nachricht: „sie ist auch wieder verloren," erblaßte er, stumm vor Erschrecken, Dann hätte er lieber alle Glücken läuten, alle Trommeln wirbeln, alle Pferde satteln, alle Ritter aufsitzen lassen; bis er sich faßte und bedachte, daß sie dem Kloster schon übergeben gewesen sei — und er ließ sich wenigstens ihre Kleider bringen, die er küßte, an sein Gesicht, an seine Brust drückte, sie wehmüthig betrachtete, und zu seinen theuersten Dingen bewahrte. — Er hätte sein eigenes Weib selber nur heimlich, ganz heimlich und noch verkleidet, bei sich zu haben — den Franken, den Christen, dem Bruder getraut, wenn sie nicht leiden, nicht die schmerzlichste Kette werden gesollt, ihn zu binden, oder aufs Herbste zu peinigen. Ietzt, da sie fort war, blieb auch nur heimlisches Forschen gerathen und sicherer, und er ver-schwendete das Gold an seine vertrautesten Freunde, an Haider, als Dichter mit allen Gefühlen des Menschen am Born der Gefühle und Leiden und Freuden der Menschen lebend, nämlich in seinem Herzen! Dann an Sinanbeg, Ajasbeg. und vor allen an den getreusten und weltklügsten, an Chatibsade Nassuh. Dann befahl er sein armes unglückliches Weib seinem und ihrem Gott, wie seine ganze Sache. Ein klagender Unglücklicher ist noch ein Thor, und darum noch nicht so unglücklich, wie er werden kann." Er aber und seine Freunde hatten schweigen gelernt, obgleich das Schicksal das Sprüchwort höhnte, und auch dem Schweigenden erst das größte Unglück vor-behielt und vorbereitete. Es fanden sich Mittelspersonen zu leisen vorsichtigen Ausforschungen — ein Türke, der vor Jahren bei Dschem, in Nizza, türkische Bubenstücke verübt, den er mit Noth aus der Hand der Richter gekauft und nach Rom entfliehen geheißen; dann der Barbier des Jusuf, der über seine Gänge aber sonderbarerweise einst verloren ging, nicht wiederkam, und an dessen Stelle sich Mustapha, der Barbier des türkischen Gesandten, bei Jusuf melde-te, und erst angenommen ward, nachdem der vorsichtige, diesmal aber dennoch schrecklich betrogene Jusuf sich erst überzeugt hatte, daß Mustapha sich mit dem türkischen Gesandten entzweit hatte, und vor allen Leuten aus dem Palaste geprügelt worden war. Der Mann war zu brauchen! Und doch hatte es der türkische Gesandte darauf abgesehen, den zu Allem fähi-gen Barbier Mustapha, durch Jusufs Haus erst als treubefunden, in den Vatican zu Dschem zu bringen. So fehlte denn nun auch schon unbegriffener Weise die zweite Person aus Jusufs Hause und beide blieben verschwunden. Im Kloster von Trastevere war keine Nonne aufgebracht worden. Die Rechtgläubigen lernten die Verdächtigen von Rom nur durch die gemeinen Leute, durch die Volksstimme kennen, und das Volk nannte den Grafen Cibo, den Sohn des Papstes, die Söhne des Cardinals Borgia, den Valentino und den Cesare Borgia, die sich, als die Söhne der mächtigsten Männer der Stadt, wie gewöhnlich, vor Stolz und Uebermuth nicht kannten, verübten, was ihnen nur in den Sinn und in die Sinne kam, und jeglicher Strafe und Nachrede lachten, und noch frische Schandthaten mit noch ftischeren bedeckten und fo sie vergessen machten. Als Jusuf aber Mustapha, den Barbier, annahm, schloß er seine Unterhaltung mit Haider grade mit diesen Worten, die der Barbier, der Probe barbirte, mit anhören und gleich-sam sich selber sagen lassen mußte: „Die Habgierigen, Wollüstigen und Rachgierigen, selber die Mörder und Mordbrenner, zeigen sich überhaupt als die eigenmächtigen Herrn von Hab und Gut, von Ruhe und Glück; diese Schakals der friedlichen Heerde des Volkes, diese Pest, diese Pestkranken und Pestbeulen in allen Landen, diese Rücksichtslosen und Frechen erscheinen — aber scheinen nur — die freiesten Menschen, die allen Gesetzen und Richtern und Herrn zum Trotz und zum Hohn, diesen ungewußt, also von ihnen ungehindert und unhinderbar. ihre Schandthaten überall, und andere immer wieder, vollbringen; da Niemand Gedanken spießen und einkerkern, Niemand in die Herzen sehen kann, nur bei oder nach der That sie ergreifen und strafen. Eine Gerechtigkeit und ein Ersatz, mehr für den Himmel und die Hölle, als für die meist auf immer unglücklich gemachten oder geopferten Menschen!"

Mustapha, der Barbier, während dieser Worte des jetzt in seine Macht gegebenen neuen Herren dachte: „Du verdienst auch die gefährliche Gewalt eines Barbiers über Leben und Tod zu erfahren, Kahlkopf! Aber ich verschlage mir meine weitern besseren Kunden dadurch! Du bist mir zu gering! nicht einmal eine Ehrenstufe — und wirst mir nicht bezahlt!"

Das wußte nun auch der Gesandte nicht, so wie Niemand wußte, daß der Barbier auch heut um die Dämmerungsstunde in die, dann einsame Kirche der Griechen ging. Er hatte in der Straße Condotti heimlich sich eine Wohnung genommen; darin legte er, wie einen bloßen Carnevals-Maskenanzug, die Türkenkleider ab, trat sie mit Füßen, zog sich wieder einmal als Griechen an und ging so in seines Gottes und seiner Göttin Haus zu der Panagia. Dort nun war ihm erst wohl, wo das zauberische, als Kind schon angestaunte Rubinlicht der Lampe ihm wieder ins Auge strahlte, wo die, wie eine Riesin, oder ein mächtiges übermenschliches Weib aus der Sonne oder dem Monde erscheinende Panagia, aus dem schimmernden Golde des Grundes mit ihren geisterhaften, großen schwarzen Augen ihn ansah! Da regten sich ihre Lippen; ihre nur durch Umrisse angedeutete hohe Gestalt, die der Capelle ganze Wand von der Erde bis unter den Bogen des Gewölbes einnahm, erfüllte sich mit Kraft und Leben, mit Geist und Blut, mit Gesinnung und Sprache für ihn. Die Heilige war leibhaftig da, sie hörte ihn, sie blickte wehmuthsvoll in feine Wehmuth, seinen unauslöschlichen Gram um das verlorene Vaterland; denn er weinte und trauerte um Constantinopel, wie je ein Jude um Jerusalem. Denn Er und sein Geschlecht empfanden und sahen erst jetzt ganz klar und ganz schrecklich die Folgen von der Griechen vollendeter Unterjochung. Die Eroberung selbst war an dem gemordeten und gefangenen Geschlecht wie eine bittere, bittere Sterbestunde, zwar, doch auch rasch vorübergegangen Staunen und Schweigen und tiefste Versunkenheit nahm alle die Uebriggebliebenen ein, und ging aus den Herzen der armen Mütter und Väter in die Herzen der Kinder und in die, noch wie zum Hohne geborenen Säuglinge über. Und allein nur die Wehmuth war der Geist des als Schatten lebenden, lebendig begrabenen Volkes, und die blühende grünende Erde mit blauem Himmel und Sonne darüber — nur ihre Unterwelt!

Um Mustapha, den Barbier, in seiner wahren Kraft, Schlauheit und Bestrebung erscheinen zu lassen, sagen wir nur, was er betete, und das, was er als Antwort von der Göttin durch sein Herz heraushörte. Denn es ward erfüllt, seine innere Gegenwart ward äußere Zukunft, und die Geschichte bewahrt und bezeugt es. Er betete hingeworfen am Boden mit gerungenen Händen: „Du Allerheiligste, Beschützerin meines Volkes, so lange sein Hirt nicht von Dir abfiel, siehe mich hier in der Fremde zu Dir, und heimlich beten! Du vermagst Alles — laß in dieser Stunde den Schlag gelingen! Mische Dich nur nicht darein, aus zu gutem Herzen! Denn eben der Papst von Rom hat Deinen Griechen das Grab gegraben; und jetzt freuen sich die Kinder des Sultans, der die Stadt und das Reich erobert, des Raubes, Sie thäten noch alles heut, wenn es nicht schon gestern geschehen wäre! Erbarme Dich nur der Bedrängten allein! der Bedränger und Bedrücker aber erbarme Dich nicht!"

Und auf seine Göttin hinstarrend. hörte er die Worte: — „Geduld! Du sollst das Reich Deiner Feinde beherrschen, und Deinem Volke die unabwerfliche Last erleichtern. Was meines Sohnes Vater thut, das thut er nicht eitel! Gott thut auf immer und ewig; auch als er nur die Rose schuf, wie Du nur Eine mir heute geweiht!" —

Die Antwort war ihm nicht recht; so dankte er auch nicht recht; aber dennoch ging, oder schlich er vielmehr, seine Zukunft schon in sich fühlend, ihr unbedenklich und unermüdlich entgegen. Er hob wieder seine griechischen Kleider und sein Betzeug, wie uralte Kinderschätze jenes ersten Menschen, der ein Grieche war, sorgsam auf, legte den Türken wieder an, und war Mustapha, der Barbier. Der Schlag gegen Papst und Türken, seine beiden Todfeinde, war gefallen. Aber wie ausgefallen? Er mochte nicht fragen, ja nicht hören, um nicht zu lachen, zu jauchzen. Er ging zu Bett.

Am andern Vormittag wurden alle fremden Gesandten, der Gesandte von Constantinopel, von Ungarn, Spanien, Frankreich, Neapel, Venedig und Aegypten zum Papste geladen, um in dem Vatican in den Kammern des Gerichtes der Folter eines läugnenden Verbrechers beizuwohnen, und, wie die verheimlichte Absicht des Wunsches ihrer Gegenwart war, durch Haltung, Bezeigen, Gesichtsfarbe, durch Worte oder durch Schweigen sogar, den angestellten Beobachtern kund geben: Wer das mißlungene Verbrechen veranlaßt, oder, wenn es muthmaßlich nur Derjenige war, welchem das Gelingen nützlich sein konnte, diesem eine Warnung und unausgesprochene Strafe zu geben. Und gewiß war nur den Türken am nützlichsten, wenn Dschem todt war und der Papst todt war, die Seele des Krieges, jetzt gegen die Türken, wie gegen die Mauren in Spanien, Alle erschienen in dem wohlgeschmückten Nebenzimmer der Folterkammer, und fanden ein prächtiges Frühstück aufgetragen. Der Papst und Dschem waren gleichfalls zugegen. Sie alle hörten bei guter Speise und edlem Trank aus der Folterkammer herein das endlich ausbrechende Stöhnen eines Mannes. Nach langer Zeit erst wieder ein Wimmern. Dann schien er diese Marter gewohnt zu werden, und er fluchte erst, als die Elbergen eine neue anwandten. Wieder nach Langem erst fing er an auf Italienisch zu beten, ja er sang vor Schmerz und Wuth und innerem Hülfedrang sogar eine Strophe eines Abendgesanges an die Madonna, „um guten Schlaf." Darauf ging die hohe Gesellschaft sammt und sonders hinein, Jeder, so unmerklich sein sollend, als möglich, von dem Andern mit leiser Schärfe beobachtet. Unsere Freundin würde den auf der Folterbank ausgestreckten Mann sogleich von Ripa grande her erkannt haben. Es war Macrino del Castagno, der sich ein Stück Geld verdient. Er lag, wie eine Leiche blaß, die Augen waren ihm in der kurzen Zeit schon eingefallen und hohl, und ihre Sterne standen weit hervor; die bleichen schmalen Lippen bedeckten die Zähne nicht mehr.

Hin und her bluteten seine bloßen Arme ein wenig nach, seine Brust dampfte noch, wie von Räucherkerzchen, von darauf angebrannten Stoffen, und Wohlgeruch von köstlichen Spezereien verbarg das menschenbranstige Wesen im Zimmer. Der Papst und der arme Dschem als die gewiß Unschuldigen, konnten sich nicht überwinden, ihrem Feinde zu nahen. Denn an ihnen hatte gestern der Doppelmord vollbracht werden sollen, die Vergiftung durch rothen Scherbet, als sie beide im Garten des Vaticans zusammen gewesen. Aber Dschem hatte den Papst errettet und sich, weil er, nach Weise der Sultane, auch dies Getränk erst von dem armen Haider kosten lassen, der noch davon krank lag, aber ohne Todesgefahr. Nur Mustapha, der türkische Gesandte, der wirklich auch den armen Macrino erst hier als Ausführer der That fand, trat nahe zu ihm, redete mit ihm, hieß ihm zu gestehen, besahe die Marterwerkzeuge, um, wie er sagte, diese unschätzbare Erfindung der Folter auch bei sich zu Hause einzuführen. Macrino nahm sich, von solchen hohen Herrschaften beehrt, wie ein alter Römer zusammen. Die Knechte strengten sich frisch wieder an, sich und ihrer Kunst Ehre einzulegen. Man führte, als eine Seelenfolter, Macrino's, einer schönen Mänade ähnliches, Weib herein, und seine beiden kleinen Kinder, ein Mädchen und einen Knaben. Jetzt, da Maerino schon, das Verbrechen begangen zu haben, eingestanden hatte, sollte er nur noch gestehen: Wer es ihm aufgetragen.

— „Eine Maske;" sprach er mit Wahrheit.

Die wiederholt gegebene, ihm nicht anders mögliche Antwort genügte nicht. Die Knechte strengten ihn an.

Sein Weib schrie vor Entsetzen und Mitleid, sie bat ihren Mann, sie kniete besonders vor Jedem der gegenwärtigen Herren nieder, wand nur die Hände, aber neigte das Haupt und konnte nicht reden.

Die Kinder schrien über das Jammern und Schrein der Mutter; sie hob sie auf ihre beiden Arme empor, damit sie der Vater sähe.

Aber der Vater schloß vor ihnen die Augen zu und starb; und die Knechte, die ihn für schon so erschöpft nicht hielten streckten den von selbst in den Tod sich Streckenden noch länger aus.

Als Mustapha, der Gesandte, sahe, daß er todt war, gab er durch großes Bedauern ein Zeichen; aber das Bedauern galt nur dem Mißlingen der mit 30 römischen Thalern pro Kopf bezahlten That. Der Gesandte war vom Sultan gekommen, um mit dem Pabste den Vertrag über das Kostgeld für Dschem, mit 40,000 Zechinen jährlich, abzuschließen. Der Großmeister von Rhodus hatte schon über 300,000 Zechinen erhalten. Das lockte den Einen und trieb den Andern, Wohlfeiler aber war es: den Kostgänger mit dem Kostgeber wegzuschaffen; besonders, da der Türke glaubte, das Frankenland, Europa habe nur Einen Herrn, der seine Leute nur zusammenzupfeifen brauche, und dieser Herr sei der Papst. Und in der That hatte der Papst schon die größten Zurüstungen zu einem Vergeltungskriege für die Eroberung von Constantinopel gemacht, gefordert, zugesagt erhalten; alles Geld, sogar geborgtes, und Geld für Erlaß von Sünden darauf verwendet; Cardinal d' Aubusson sollte als Admiral die Flotte führen, und der Tod des Papstes hätte die äußerste Gefahr mit Leichtigkeit sicher in Freude verwandelt. Oft nur zwei Augen zu, und eine neue Welt geht auf.

Dschem weinte beim Anblick des armen Weibes, bei dem Anblick der wieder ruhigen Kinder, die zu dem unbegriffnen Verlust des Vaters nur mit jenem heiligen Schweigen und der himmlischen Unwissenheit und dem unsterblichen Lebensgefühl der Kinder schwiegen. Er beschenkte sie alle Drei mit vollen Händen, er bat ihnen mit Hand und Wort — den Vater ab, an dessen Folter zur Ehre der Andern er ganz unschuldig war. Bocciardo, der Ceremonienmeister, führte die schöne, leise weinende, nun verwittwete Frau und die armen Waisen mit kaum bemerkbarem Lächeln fort.

Aber nicht nur diese That war allen unbewußt aus dem geheimen Sinnen und Wollen in den Tag getreten, sondern jetzt erschien auch aus dem Dichten und Trachten des Königs von Frankreich, Karl VI., der Krieg mit dem Papst und Italien, dessen Eroberung nur ein Schritt zu andern großen Entwürfen des Königs sein sollte. So kam dies Bündnis zum allgemeinen Kriegszug gegen die Türken noch nicht zu Stande, In Florenz kam wieder aus dem geheimen Sinnen und Wollen des Volkes die Veringung der Mediceer zur Welt, die die schweren Gaben der Stadt und des Landes verbaut, vertempelt, vermalt, verklöstert, verjagt, verstaatet und verschmauset hatten, blos zum leeren Augenschmause der Kostenträger. Pisa wiederum fiel von Florenz ab.

So gingen wiederum fast tausend Tage für Dschem verloren. Aber schon lange regte sich in ihm der menschliche Wunsch: frei zu sein, im Vaterlande zu leben, ja nur am Leben zu bleiben. Wenn er leiblich als Mensch umkam, war auch der Prinz, der Sultan zugleich in ihm todt. Darum hielt er einen geheimen Divan mit seinen Freunden, worin sie berathen wollten: ob er sich nicht seinem Bruder, dem Sultan Bajesid, unterwerfen sollte, auf Gnade wahrscheinlich, nicht auf Ungnade, da Bajesid die Friedensliebe selbst war, ihr die größten Opfer brachte und lieber Gedichte machte. Dschems Freunde sollten aus ihrer Mitgefangenschaft erlöst, an des Sultans Pforte gehen und thätige Männer sein.

In diesem Ratte sprach Dschem lächelnd: „Auch erwachsene Männer sind noch wie Kinder, die im Spiele sagen: jetzt muß ich das thun! jetzt muß ich das haben! jetzt muß ich das sein," So müssen auch die Großen jetzt das thun, jetzt müssen sie das haben, jetzt müssen sie das sein! Und das ganze Müssen ist nur eine Einbildung des Spieles, des spielenden Kindes. So spiele ich fort und muß! Aber muß ich spielen? Den Reichserlxn! Den Bruderbedroher! Den Schlächter so vieler Menschen, die um meines Spieles willen fallen müssen, auch müssen! Diese spielenden Armen, die auch die Armen, die Gehorsamen, die Arbeitenden, die Handlanger der Sultane spielen, die Jaja die zu Allem ja sagen und müssen. So spielen sie Alle! und das Kind des Bettlers spielt schon mit des Vaters Bettelstabe und seinem Bettelsacke den kleinen Bettler, wendet sich schalkhaft um, und bettelt den Vater an, und der Vater lacht! Ich aber muß weinen. Wie des Bettlers Knabe vom alten Varer Bettler die Gesinnung und die Gewohnheit zu betteln als einzige Verlassenschaft geerbt, so habe ich von meinem Vater Mohammed die Wuth zu herrschen geerbt, die Herrschsucht, nicht die Unterthansucht, die allgemein mögliche, die mir am Ende auch nur bleibt mit einem Wort: der Gehorsam! Ich will, ich kann nicht gehorchen — selber im Schlafe, im Traume befehle ich, Schiffen, Heeren, sogar dem Meer und den Bäumen und Bergen! Der Segen aller Kinder, die süße Gewohnheit, gesinnt zu sein wie Vater und Mutter, die sind mir ein Fluch, eine Verachtung, die ich verachten sollte, und endlich auch muß! Denn ich spiele nun 3000 Tage den Gefangenen und hab' ihn gelernt; ich weiß alle seine Gewohnheiten; ich trete seine kurzen Tritte, ich stehe an den Fensterscheiben, ich sehe den Himmel an und zähle am Tage die Wolken, des Nachts die Sterne — o ich kann Alles! von der aufgetragenen Speise weggehen und schon vor Sonnenuntergang zu Bett gehen

— ich kann auch nicht schlafen! nicht hoffen! nicht beten! nicht vertrauen! nicht dichten. So bin ich denn aus und zu Ende!

Der Sultan ist aus! Das Ei, darin ich stecke, wird nicht ausgebrütet! Der große Vogel hat es aus dem Neste geworfen, und die großen Ameisen können es nicht wieder hineintragen! Der Ibis hält es für ein Krokodillei für seinen Schnabel; der Ichneumon will es aussaugen. Aus Hoffnung, Padischah zu sein, bin ich in der Wirklichkeit schlechter als der Wolf im Walde und als der Löwe in der Wüste, Denn auch verfolgt, sind sie doch frei; die Wüste und der Wald gehören ihnen, und sie entrinnen mit Weib und Kind. Selbst der Bär trägt auf der Flucht seinen Herrn Sohn in den Tatzen bis in die neue Sicherheit und Freiheit. Alle Menschen reden von Hoffnung, aber keiner bedenkt, wie weise die gemeinen Leute hoffen. Sie hoffen vom Grunde ihres kleinen Hauses und von den Ihrigen aus. Ihre eigene Thätigkeit und Freiheit, Weib und Kinder sind immer in ihre ehrliche menschliche Hoffnung eingeschlossen. Nur mit diesen, nur in einem bequemen Leben wollen sie leben; Menschen zu sein und zu werden, hoffen sie; das ist die Hoffnung der gemeinen Fellahs, der Bauern, der schlecht so wie Spreu geachteten, aber durch Gottes Eingebung weisesten, glücklichsten Menschen. Ich aber, nunmehr ein Thor, hoffe ohne Grundlage, ohne die Schake der übrigen Menschen, Uebrige Menschen! Bin ich vielleicht nicht übrig? Wie ich sehe — das Reich der Rechtgläubigen steht und gedeiht ohne mich. Da sind Erndten von der Erde. Sonnenschein und Regen vom Himmel. Bin ich auch ein Sproß aus dem Stamme der Herrscher, so bin ich doch, wie ich sehe, an meinem Verdorren; ich bin nicht der Sproß, der an des alten großen Baumes Stelle wachsen und Früchte tragen soll. Und so ergeht es mir nur wie Millionen Blättern am Baume des Reiches. Ich kann noch ein guter Zweig sein, ein gutes glänzendes Blatt. Die Gabe zu dichten ist mehr werth. als Reich und Krone, Mein Ruhm als Dichter wird neben allen Sultanen dauern, und manchen Rohen überleuchten, wie der Abend ern die Johanniswürmchen im Grase. Ich habe noch eine Mutter, o Gott, Du Gnädiger! Ich habe noch eine Tochter, o Golt, Du Freundlicher! Mein Weib, meine Sassenage, kann ich noch finden! sie ist nur verborgen, nicht verloren, sagt selber ihr einstiger Feind, ihr Bruder Roland, nun ihr Freund, Sucher, Rächer; denn eines Bruders Ehre wird in der Ehre seiner Schwester gekränkt und geschmäht. Lasset denn mich nach Aegypten ziehen! oder nach Jerusalem! Ihr aber, meine Freunde, ziehet nach Constantinopel zum Padischah! Du, mein Haider, machst hier nur Gedichte voll Sehnsucht und Trauer, indeß Dir die Lebenslust noch aus den Augen blitzt. Der Dichter gehört in einen edlen Kreis, wo Großes und Schönes geschieht und gelebt wird. Mein Bruder weiß, daß die Dichter zuerst und zuletzt blos, den Fürsten das Leben erheitern und ihnen ewigen Ruhm gewähren für einfältige armselige paar tausend Zechinen, die sie doch sonst auf Pferde und Hunde verschleudert hätten. Du, Sinanbeg, bist das eingerostete Schwert der Tapferkeit, Bajesid wird dich aus der Scheide ziehen, du wirst blitzen und muthig sein, Mauern und Vesten erstürmen.

Du, Ajasbeg, und Du, Dschelalbeg, Euch erwartet Größeres als mein armes Grab! Hüllt das Vaterland nicht in ein Grab! Deine Treue, Chatibsade Nassuh, ist eines bessern Lohnes werth, als heimliches Seufzen und die Faust in der Tasche zu ballen. Selber Du, mein treuer Barbier, mein Mustapha, Dir stehen große Dinge bevor, wenn ich Menschen kenne, und die Eiche aus der Eichel, und den Sprung des Löwen aus seinen Blicken erkenne. Gehe, barbiere den Sultan!"

Die Freunde hätten bald gelacht über diesen Schluß ihres von der rechten Hoffnung heiter gewordenen Gebieters. Aber sie sagten ihm alle: „wir bleiben Dir treu bis zum Tode!"

„Gut," sprach der arme Dschem; „ohne Euch kränken zu wollen, sage ich Euch, dann wird Eure Treue vielleicht nur noch kurz sein!"

Als unübersteigliches Hinderniß der Hoffnung des armen Dschem erwies sich aber seine Gefangenschaft. Denn sie waren noch nicht auseinander gegangen, als er schon durch Wachen in die Engelsburg abgeholt ward, weil der Papst auf dem Tode liege.

Wenig Tage zuvor hatte der Papst endlich das Bündniß zum Türkenkriege zu Stande gebracht. Der türkische Gesandte hatte ihm bei der Abschieosaudienz sogenannte redende Geschenke vom Sultan Bajesid aus dem eroberten Reliquienkasten verehrt: das Rohr der Verspottung, den Schwamm der Tränkung und die Lanze der Durchbohrung am Kreuze. Aber der arme Dschem hatte auch dem Gesandten ein Schreiben an seinen Bruder, den Padischah, mitgegeben, worin und wodurch er sich ihm völlig unterwarf, und: „nur ein Blatt am Baume des Volkes zu sein," mit herzerweichenden, einen Stein rührenden Worten den Bruder gebeten. So wie er schon längst bei der Rückkehr des ägyptischen Gesandten Jusuf dem Sultan seine einzige Tochter zugesagt und den nun verlassenen Barbier Mustapha zu sich genommen hatte, der eben auf die Heimkehr des Gesandten schon lange seine Berechnung gemacht hatte.

Aber auch der neue Papst Alexander Borgia mußte sich in die Engelsburg retten, da der König von Frankreich vor Rom kam und es eroberte. Eilf Tage saß er darin in Todesangst und brütete doch Tod und Angst und Mord und Rache. Da ward er erlöst durch den Frieden, laut welchem er, gleichsam als die siegbringende heilige Fahne des Propheten, den armen Dschem dem Könige ausliefern mußte. Der König Karl, Borgm und Dschem kamen zusammen; Borgia, der ihn im Mitgefängniß, der Engelsburg, nur den armen Dschem genannt, und ihn nur, wie ein Jude den ungeschliffenen unschätzbaren Diamant, angesehen hatte, nannte ihn vor dem Könige „Prinz"; aber Dschem nannte ergeben sich nur einen armen Gefangenen. Der Papst konnte auch beschämt scheinen, und übergab ihn, als einen großen Schatz, dem Könige, der ihn wiederum seinem Hofmarschall mit der flachen Hand zuwies. Schon den Tag darauf brach Dschem von Rom nach Veletri auf, wohin ihn der Sohn des Papstes Borgia, Cesare Borgia begleitete, und fünf Tage dort bei ihm blieb, bis das französische Heer weirer nach Neapel zog; denn es hatte indessen Blutarbeit zu Monte fortino zu thun, und zu morden in Monte san Giovanni.

Hier in Veletri, dem Geburtsort des Kaisers Augustus, lösten sich nun die Tinge; oder die langen und weither gesponnenen Fäden vereinigten sich hier in ein Cocon, das wie dem Seidenwurme, durch seinen eigenen Fleiß und aus der schönsten Hoffnung gesponnen, dem armen Dschem zum Sarge ward.

Denn gleich am späten Abend des ersten Tages ihres Aufenthaltes kam der Papst Alerander Borgia in aller Stille in den Palast Borgondio gefahren, der nach Neapel gehört und den Dschem und der Sohn des Papstes, Cesare Borgia, bewohnten.

Als der Sohn den Vater bei sich eintreten sah, rief er erstaunt, wie die Kinder sogar zur Carnevalszeit rufen, wenn die Leute einander die Moccoli zu Nacht ausblasen „Eh, sia ammazato, Signor Padre" (Daß du ermordet werdest, Herr Vater!)

„Nun, nun," sprach der Vater, „wir haben noch nicht Carneval! Setz' ich mich erst!" Dann sprach er leiser, wegen der Ohren der Wände: „Ein Mann wie ich, bewegt sich nicht ohne Noth! Pah, Noth! eine kleine Mühe! für Dich! Du machst das am besten, und hast Deine Leute; ich will meine Leute dasmal nicht geben. Lasse den Dschem doch geschwind vergiften! — eh' das Heer ihn uns fortführt!"1 „Und deswegen," sprach Cesare Borgia bedauernd, „läßt sich Deine Heiligkeit 48 Miglien im Kasten her rumpeln, und 48 Miglien heim rumpeln!"

„Heilige Jungfrau, das muß ein Papst gewohnt werden!" sprach der Papst lachend.

„Hätte ich es nur gestern gewußt!" bedauerte Cesare; „in Rom, bei so vielen Menschen, kann der Verdacht auf Hunderte fallen. Hier riechen sie uns einmal heraus."

„Einmal! — — nach unserm Tode — also Keinmal!" entgegnete der Papst.

„Mir kommt es übrigens recht; seine…wie soll ich sie nennen…sie nennt sich sein Weib, und ich muß es glauben, da sie so lange und rasend mir widerstand, wirklich bis zur Raserei und zur Krankheit. Also meine ich — Punktum! Eine Wittwe hält selten die Treue und seltener die Liebe. Also!"

„Es freut mich, daß unser Vortheil zusammengeht, mio Caro; Vortheil sag' ich! Denn dreimalhunderttausend Dukaten baar für ein Rattenpulver, das ist ein guter Apothekerhandel! Höre nur: Du kennst den ewigen Ceremonienmeister, den Narren in David, den falschen rachsüchtigen Genuesen Giorgio Bocciardo, der sich damals aus Furcht vor Dschem wie eine Mühlwelle auf dem Teppich fortrollte, nun der! Er trug Rache im Herzen; so ein Mensch ist kostbar, darum hatte ich ihn an den Sultan nach Constantinopel geschickt — den der Teufel holen soll oder sollte, wenn einer wäre — um mit ihm zu unterhandeln. Vierzigtausend jährlich für Dschems Wasser und Brot, das heißt: Leben; oder dreimalhunderttausend, versteht sich, Zechinen, einmal für allemal für Dschems Tod, ein für allemal. Ich bin arm wie eine Kirchmaus; die

Mauren in Spanien aus Motten, damit wieder Schaafe dort wandeln und blökken. sich melken und scheeren lassen, hat viel Geld gekostet — die Schatzkammer also ist zu vermiethen, wie Marforio, der privilegirte Pasquillant, sehr wahr gesagt hat. Der Kerl hat Einsicht und Geist. Ich will bauen, eine Peterskirche, so groß wie ein Haus! Jeder Papst muß doch etwas zur Ehre Gottes vor Leuten thun, um in das Register der Welt zu kommen, das Niemand liest. Ich habe schwere Dinge in Deutschland auszufechten und auszuführen, die Millionen kosten, die Andere geben sollen, müssen und werden. Aber ich brauche doch das Bestechungsgeld oder die Erkaufsumme solcher pecora und Halunken, welche dann den Andern die Beutel schütteln. Summa summarum auch leben! Und Du sollst leben, Cesare! und Valentine soll leben! Also die dreimalhunderttausend Dukaten sind Etwas! Leider Alles! Denn der Schlingel von treuem Diener, der Präfekt von Sinigaglia, Giovanni da Rovere, solche Namen merke ich gleich, der Diener meines Feindes, des Cardinals Giuliani, hat Bajesids Gesandten mit den achtzigtausend Zechinen, zweijährigem Kostgeld für Dschem — mir weggefischt, sag' ich Dir! klag' ich Dir! Der König von Frankreich hat mir den Fisch, den Dschem, sogar aus dem Netze genommen; nun bleibt mir kein Einkommen durch ihn mehr möglich, als durch — mein Haus- und Magenpulver. Hier hast Du qantum satis! Accidenzen sind bei jedem Amt, warum nicht bei meinem? Und die Fabel von Christo hat uns schon viel eingebracht. Sage das Wort nicht weiter — es entfuhr mir so, — sonst kommt es sogar in die Weltgeschichte. Welchen Punkt von beiden nun der Bocciardo vom Sultan approbiren lassen würde, das wußte ich voraus, darum schickte ich ihn — und hier hast Du den Brief vom Sultan Bajesid an meine Heiligkeit ; er empfiehlt mir sogar einen gewissen Bischof zum Cardinal! Nun — pour la rarité du fait — er soll es sein! Der Sultan stößt mir einmal einen Patriarchen dafür im großen Mörser!"

Der Sohn des Papstes gab seinem Vater für dessen Brief den Unterwerfungsbrief Dschems an seinen Bruder Bajesid, mit der Bemerkung: „Mustapha, der Barbier, hat ihn glücklich dem Gesandten weggeblasen. Aber da fällt mir der Barbier ein! Die Barbiere im Morgenlande sind auch die Apotheker und Chirurgen, sie haben und halten Geheimnisse, der Kerl hat Gifte, küssenswerthe! Deuchtolorur! Und ein Insekt zum Goldeinfassen!" Er klingelte und hieß dann den Barbier herbeirufen — „Nicht herbei schreien!" sagte er, und der Kammerherr verstand.

Indeß hielt er eine ganz neue kleine Skizze zu einem Weltgericht — das sein Vater, der Papst, nach seinem Worte doch malen lassen wollte, damit es irgendwo sei und werde — und sprach in Gedanken: „Cosa funeate!

— si succedesse!" (Eine furchtbare Sache, wenn es einträfe!)

„Bist Du auch noch ein Narr, mein Sohn?" sprach der Vater Borgia. „Nur die Seele der Unglücklichen und ihr — quasi — heiliges Rechtgefühl fordert ein Weltgericht. Zahllose Heerschaaren Unglückseliger, ganze erniedrigte Völker sind dahin gefahren, wo alles gleich gut ist, und nur der über der Erde denkende schwebende Geist mitleidiger — rechtsgelehrter — Menschen, fordert für sie noch das Weltgericht. Aber ist denn die Menschheit in ewige Knechtschaft geworfen, in die Folgen des Unrechts, das sie leidet und thut? — Wir suchen nur redlich, sie so lange wie möglich zurückzuhalten zu unserm Besten! Mit Schrecken sahe ich: Jedes Geschlecht wird besser, klarer, gerechter; ihm geschieht immer weniger Grauses — es verübt immer weniger Grauses. Denn ein fester aufgeklärter Geist duldet nicht das Unrecht und übt es nicht aus! Und somit verlischt denn nach und nach — pianin' pianino — jene uralte, aus Sünden entstandene Forderung der unglückseligen — Schächer, durch ein bloßes besseres Leben glücklicher Menschengeschlechter. Und das letzte gute Geschlecht wird vielleicht kaum die Seligkeit fordern, geschweige das Weltgericht. Du stehst also, es muß noch lange bestehen! Ich brauche es! ich brauche es! Und ich lasse es glauben, ja malen. Imo — ich lasse sogar seinetwegen Ablaß aller Sünden verkaufen für ein wirkliches Spottgeld — zum Bau meiner Peterskirche. Nun sei kein Narr! Missa est concio!"

Er zog sich zurück, kurz zuvor ehe Mustapha, der Barbier, eintrat. Dies Mal im Innern etwas bang, denn er hatte Dschems geraubtes armes Weib und ihren Aufenthalt ihrem Bruder Roland verrathen, oder wiederum verkauft, denn er verlor nun nichts mehr an Borgia, da sie fortzogen, und jeder Papst war sein Todfeind. Cesare Borgia konnte darüber ermordet werden. Aber die

Befreite konnte schon hier sein, wenn Roland sie ihrem Dschem zurückgab, da auch ihr guter Bruder Armand mit ihm war. Darum war ihm unheimlich. Er sahe aber mit einem halben Blick: Cesare wußte noch nichts! Desto freundlicher und bereiter ging er auf ein kurzes Wort vom Sohne des Papstes ein.

„Kannst Du barbieren?" fragte er ihn lächelnd.

„Ja."

„Auch ein wenig schneiden?"

„O ja; ein halbes Loth ist erlaubt!"

„Auch mit vergiftetem Barbiermesser?"

„Das Barbieren ist damit gleich."

Er empfing darauf von Borgia ein tüchtiges Barbiergeld in Golde, dessen er ihm so lange... nach und nach jedoch etwas langsamer... und so viel hinein zählte, bis dem geduldigen Barbier doch endlich selbst die Hand schwer zu werden schien. Zuletzt bat er um den Namen des neuen Kunden. Er hörte: „Dschem!" stutzte, und schwankte doch nicht, sondern fragte nur: „Wann?" — „Morgen!" hörte er und: „Schweigen!" und zuletzt: „Gute Nacht!"

Am Morgen barbierte er denn dem armem Dschem das Haupt und zuletzt das schöne leidende, ergebene Gesicht. Er hatte veranstaltet, daß während dessen von Zeit zu Zeit ein Pistolenschuß falle, damit Dschem rücke und mit Fug ein wenig geschnitten werden könne. Ein Schuß — ein Schnitt — ein wenig Blut. — Bald darauf wieder ein Schuß — ein Schnitt — ein wenig Blut. — So drei Schüsse. — Dschem bat ihn um Entschuldigung, daß er ihn um seinen Ruhm bringe. Dafür rieb ihm der Barbier die kleinen Wunden noch mit einer sichern, nicht fühlbaren Heilsalbe ein — und Dschem war vergiftet und mußte unrettbar sterben in kurzen Tagen. Dschem wand seinen Turban sich selbst um den Kopf, empfand ganz leise sich ganz eigen-sonderbar, und stand versunken in tiefe Gedanken.

Da entstand freudiges Geschrei drunten vor dem Palast Borgondio auf der Straße; dann im Flur; die Marmortreppe hinauf — dann ward es stiller, und hastige Tritte erschollen im Vorsaal. Die Thür des Zimmers ging auf, und Roland und Armand traten ein, ihre Schwester. Dschems Weib, in der Mitte. Roland glaubte der Rede und seinen Augen, daß Dschem nun endlich wirklich Sultan zu werden mit dem Könige zöge, und wußte ja auch, daß er jetzt wirklich nur Ein Weib hatte — seine Schwester! So war er denn Alles zufrieden! Ja hoch erfreut darüber!

Sie stand ohne Regung, Sie konnte nicht sprechen, kaum athmen. Sie hielt eine Hand auf der Brust, mit der andern hielt sie sich an ihren Bruder.

Dschem konnte nicht sehen genug, nicht rasch genug ihr entgegenstürzen.

Er fiel — schon plötzlich vom Gifte verwandelt, aber er fiel nur auf ein Knie, drückte sich beide Hände fest in die Augen, und tbat einen herzzerreißenden Schrei. Denn er hatte die Blässe des Gesichts seines guten Weibes, ihre ganze abgehärmte Gestatt mit Einemmale übersehen, und ihren schmählichen theuren Gram, ihre Treue, Liebe und Sehnsucht ermessen. Nun flog sie auf ihn zu, Sie hob ihn empor, und die armen edlen Gatten lagen, unaussprechlich beglückt, ver Entzücken weinend, sich lange, gleich Seligen, in den Atmen.

Dann wollte sie sprechen, erzählen. Aber er legte ihr den Finger auf die Lippen und sprach nur die drei schweren Worte: „Das Frankenland! die Christen! der heilige Vater!"

Alles kam nach und nach in eine gewisse Ordnung, in die freie Ordnung der Reisenden. Der Papst Alerander Borgia und sein Sohn Cesare machten dem armen Dschem noch einen Abschiedsbesuch, während seine Gemahlin im Nebenzimmer bebte — und schwieg und folgsam ihr Herz bezwingend, sich nur die drei Worte leis wiedetholte: „Das Frankenland! die Christen! der heilige Vater!"

Dschems Kräfte schwanden allmälig auf der Reise nach Neapel. Fast konnte er nicht mehr allein auf sein Pferd steigen... dann sich nicht mehr darauf halten. Er sah noch Neapel, den Vesuv, das Meer, die Schiffe, die in sein Vaterland segelten! er fühlte die äußerste Sehnsucht — jetzt nur nach einem Grabe in der heimathlichen Erde, Mehr wünschte er nicht. Denn er verging wie ein Schatten; er war schon blaß wie der Tod. Seine bezaubernde Schönheit verblühte; nur sein großes schwarzes Auge blitzte noch manchmal auf. Sein treues, die höchste Angst im

Herzen gewaltsam verschließendes Weib hielt ihn, neben ihm sitzend und sein müdes Haupt auf der Schulter tragend, an seiner Hand, und als sie darauf sie wegzog, behielt sie die Nägel seiner Finger darin. Da weinte sie laut. Er aber tröstete sie, sonst mit dem äußersten Leid für sie. mit dem Tode, der jetzt für ihn und für sie ein Trost war, der einige Trost und die seligste Hoffnung.

Es kam ein Brief aus Aegypten von seiner Mutter; er konnte ihn nicht mehr sehen, nur fühlen, aber nicht mehr verstehen. Er hörte, daß sein Besieger, der unbeugsame stolze Vezier Kedück Ahmed Pascha, zur Strafe seines Hochmuths von einem Stummen ermordet worden sei. Da lächelte er nur und flüsterte: „Gott ist barmherzig!" Seine letzte Kraft hatte er zusammen-genommen, ein Gedicht zu machen, worin er seinen Bruder um ein Grab in seinem Vaterlande bat. Er blieb mit dem Antlitz über dem Blatte liegen, — Er war gestorben.

Seine Seele war in der Heimath, Seine Freunde konnten kaum sagen: er ist todt! so wein-ten sie. Ajasbeg und Dschelalbeg wuschen seinen Leichnam und beteten die Gebete des Todes aus dem Koran, Die Brüder Roland und Armand de Sassenage führten ihre wie wahnsinnige Schwester mit fort. Der König Karl schickte Spezereien, den Leichnam einzubalsamiren, und weinte um ihn wie ein Kind.

Dann ließ er ihn in Gaëta beisetzen, hoch auf dem Berge über der Stadt und Festung in dem großen leeren runden antiken Grabmal mit doppeltem Kuppelgewölbe, ähnlich dem schönen Grabmal der Cecilia Metella vor Rom, Ajasbeg und Dschelalbeg hüteten das Grab in stiller Trauer und rührender Geduld. Mustapha, der Barbier, aber betete indessen zu seiner Panagia, in jener nur kleinen, doch zauberhaft schönen Grotte, die links ganz drunten in einer mächti-gen dunkeln Felsenspalte, die bis in das Meer hinab sich öffnet, zu einer wunderbaren Kapelle eingerichtet ist, welche das Meer bei hoher Fluth mit ihrem Wogenschwalle gänzlich erfüllt, und die Göttin ersäufen würde, wäre sie nicht von Stein. So aber steht sie, auch naß und noch triefend und mit grünem frischem Seegrase wie bekränzt, nur desto wunderbarer in ihrer unver-wüstlichen Schönheit, mit lächelndem Antlitz da, und lächelte holdselig selbst den Barbier an, der die Gnade und Huld auch auf sich bezog, wie den freundlichen Mondenschein. So lange er krank war, verbarg er sich hier vor den Kennern. Sobald er sich aber wieder nothdürftig geheilt hatte, floh er nach Constantinopel; denn vom Einreiben des Giftes in Dschems Haupt waren ihm seine Hände verräterisch geschwollen, und Dschem, der Künste des Morgenlandes wohl kundig, hatte sie öfter schweigend betrachtet, ihm sanft auf die Schulter geklopft und nur gesagte „Sein Vaterland verlieren, muß der äußerste Schmerz sein. Ich habe es blos nicht — und sterbe schon! Gott sei Dir barmherzig!

Mir — hast Du wohlgethan!" — Durch diesen Aufenthalt war ihm Sinanbeg zuvorgekom-men bei dem Bruder Dschems und hatte für die erste Nachricht von dessen Tode die hohe Würde eines Beglerbeg von Anatolien erhalten. Er war aber nur gegangen, um den Sultan zu bewegen, den armen Dschem nach Brusa in sein Vaterland begraben und seinen Leichnam holen zu lassen. Nur Chatibsade Nassuh, sonst der treuste Freund des Lebenden, brachte jetzt die ihm vom Könige anvertraute Verlassenschaft des todten Dschem, statt nach Alerandrien — nach Constantinopel! Aber um Dschem ein Grab im Vaterlande dafür von seinem Bruder zu kaufen. Und Nassuh ging selbst mit trauriger Freude als Gesandter an den König Don Federieo von Aragonien nach Neapel, holte den wie heilig gewordenen Sarg mit dem armen Dschem, und bestattete ihn am Grabe seines Großvaters Murad zu Brusa. Dschems arme Mutter kam an demselben Tage nach Brusa, umschlang und küßte den Sarg, und genoß den armselig-se-ligen Trost einer Mutter, doch zu sehen, wie ihr Kind begraben wird. Der Sultan Kitbai von Aegypten war gestorben, und Sinanbeg hielt darauf bei der Mutter um Dschems schöne junge Tochter an. Der Padischah sah die Vermählung derselben mit einem vom Volke nicht zum Herr-scher bestimmt geglaubten Manne sehr gern. Haider durfte sie holen. Sinanbeg that Dschem in seiner Tochter alle Liebe, alle Ehre, alle Güte; sie sah ihm so ähnlich, daß er manchmal von ihr wegging, heimlich zu weinen.

Mustapha, der Barbier, aber vollendete richtig sein Werk. Erst unbegrenzt belohnt für seine Ermordung des größten gefährlichsten Feindes des Reichs und des Lebens des Sultans, ward er darauf Vezier. Endlich Großvezier. Und seine Rache für das verlorene Vaterland führte die schrecklichsten Schläge gegen die Kinder Mahomets des Eroberers. Durch seinen Einfluß und Rath ward der friedliebende Sultan Bajesid von seinem Sohne Selim selbst wieder vom Throne gestoßen und vergiftet. — Selim aber erfüllte das eigene Hausgesetz des Eroberers Mahomet. Er ließ fünf junge Söhne seiner Anverwandten sterben, deren Einer seinen Henker erstach, die andern ihm zu Füßen fielen, und dem Padischah für Einen Asper des Tages Zeit Lebens treu und gehorsam zu dienen gelobten. Er mußte seinen Bruder Korkud tödten. Alle diese Opfer an das türkische Volk wurden um Dschems prachtvolles Grabmal begraben, das ihm seine Mutter setzen dürfen. Mustapha erpreßte unermeßliche Schätze, aber blos um die Armen seines Griechenvolks heimlich damit zu erquicken in ihrer Knechtschaft. Er erlebte die Freude, daß der Papst Borgia aus Versehen von seinem sich vergiftenden Sohne vergiftet ward. Und dennoch starb er mit den Worten des armen Dschem „Das Vaterland verloren haben ist der äußerste Schmerz! Aber barmherziger Gott! wohin kann ich begraben werden? — In Sklaven-Erde! Ich sage nicht: armer Dschem! — Ich sage mit brechendem Herzen: o Du reicher Dschem!“